number
2
依存したがる彼女は
She wants to be dependent, she comes into my room.
僕の部屋に入り浸る
JN099850

目次

Contents

本文・口絵イラスト／絵葉ましろ
本文・口絵デザイン／杉山絵

She wants to be dependent, she comes into my room.

依存したがる彼女は僕の部屋に入り浸る2

萬屋久兵衛

角川スニーカー文庫

24015

本文・口絵イラスト／絵葉ましろ
本文・口絵デザイン／杉山絵

一章　廃ゲーマーはヴァーチュアルの夢を見る

『おい、西園寺(さいおんじ)。こんなものがうちに届いたんだが、どう考えなくてもお前の仕業だな？』

僕は最近連(つる)んでいるやつらとのグループトークに、文面と共に写真をアップした。

写真の内容は、先ほど僕の部屋に通販サイトから送りつけられてきた目の前に鎮座するブツである。

普段はお目にかかれない特大サイズのペットボトル。入っている液体は琥珀色(こはくいろ)で見た瞬間に何となく察しはついてしまっていたのだが、答えはご丁寧にも側面に貼り付けられた黄色のラベルにすべてが記載されていた。

『業務用角瓶５Ｌ』。こんなものを購入して送りつけてくる心当たりがひとりしか思い当たらず、詰問した次第である。

送った内容にはすぐに既読が付き、容疑者西園寺だけでなく北条(ほうじょう)や東雲(しののめ)からも反応が返ってくる。

『デカアァァァァいッ説明不要！』

『ああ、もう届いたのか。思ったより早かったな』

『業務用なんだ。こういうのって通販で売ってるんだね』

『隣に置いてあるやつはなにかしら？』

『ディスペンサーじゃないかな。キャップの代わりに付けて、プッシュすると中身が出るやつ』

『その通りだよ。この前のバイトで懐が温かくなったからね。ウイスキーの中だと角瓶はちょっと高いんだけど、見た目のインパクトに負けてつい買ってしまった』

案の定西園寺容疑者から自供が取れたので、犯人に格上げだ。

『つい、じゃない。めちゃくちゃ邪魔なんだが⁉』

『まあ考えてみたまえよ。講義やバイトに疲れてスーパーで買い物する気力も無いまま家に帰ってきたとき、冷凍庫からグラスを取り出す！　ディスペンサーをワンプッシュ！　割り物をぶち込んでぐいっと一気！　……最高では？』

僕の追及に、西園寺はこのデカブツを置いておくメリットを情感豊かに説明してくるが、この女ほど酒に思い入れのない僕にはまったく響かない。

『それをやるのはお前だけだ。わざわざうちでやるんじゃねえよ』

『うるせェ‼　飲もう‼　（どんっ‼）』

『おお‼　（目を潤ませるトナカイのスタンプ）』

『泣ける』

『泣けない。まず帰る家をうちに設定するんじゃない。やるなら実家でやれ』

『実家にこんなもん持ち込んだら家族会議ものだろうが!!』

『それなら素直に諦めろよ……』

西園寺にしろ他のふたりにしろ、実家でも抑圧、制限されがちな自分の癖を我が家に持ち込むことで解消しようとしている節があるので困る。

学生ひとり暮らしの部屋にしてはそれなりに広く、モデルルーム並みとはいかないまでも物が少なくすっきりとしていた我が家が、最近は酒瓶とかよく分からないアニメのグッズとかたばこのカートンとか、その他小物や僕の物でない衣類とかに侵食されてきている。

別段潔癖症でも掃除が趣味でもなく、ただ暇な時間が多かったがために部屋の美観を維持していただけなので多少部屋がちらかっていてもかまわないのであるが、ものには限度がある。

『お前等ただでさえ週二、三回のペースでうちに泊まり込んでるんだぞ。こんなブツ置いたら回数が増えかねないだろうが』

『そんな素敵な物が置いてあったら毎日でも通うね。それに』

西園寺は何故かそこで文章を切った。

『それに、君の部屋に置くから意味があるんじゃないか』

その文章に、先日ふたりで飲んだときの言葉が思い出される。

西園寺は、美味い酒を飲むときは特別な相手と一緒に飲んだらもっと美味いし楽しいのだと言った。

僕はその言葉を、ひとりで酒を飲むよりも友人と酒を酌み交わす方が良いという意味で解釈したのだが、なるほどそういうことであれば今回の件も理解できる。

まあ、納得できるかどうかは別問題なのだが。

『ていうか今更ちょっと回数が増えたぐらいでそんなに変わらないんじゃない？』

『僕のプライバシーはどうなる』

『そうだよ。彼にだってプライベートの時間は必要だよ』

『いいぞ東雲、もっと言ってやれ』

『ひとりになれなかったら彼だっていつ自家発電に励めばいいかわからないじゃないか』

『なるほど』

『確かに』

『おいやめろ』

そういう問題じゃない。

いや確かに、まあ、懸念のひとつであることは間違いないのだが……。

こうして週七泊まりという最悪のパターンは東雲のありがた迷惑な配慮により回避されたが、何だか釈然としない。

『まあまあ。今日とは言わないから、明日ぐらいはいいだろう？　華の金曜日なのだし。せっかくだから皆でぱあっとやろうじゃないか。割り物とかはボクが買っていくから』

ちらりと卓上カレンダーに目を向けるが、確かに明日はこれと言って予定が入っていなかった。ううん、明日ならいいか……と僕の気持ちが軽率に傾いたとき。

ピロンという音と共にラインの通知が入る。スマホに視線を戻すと、僕たちが話しているグループトークとは別口からの連絡だった。

……ふうむ。

文面を確認した僕はその内容に顔をしかめつつも、グループトークに返信をする。

『悪いが明日は駄目だ』

『おや、何か用事かい？』

『大家の婆(ばあ)ちゃんから仕事が入った。明日の夜から明後日、悪いと日曜日まで潰れる』

『休みが丸つぶれじゃない⁉　何やらされるのよ⁇』

『ゲーム』

『……ええ？』

＊

大家さんから依頼される仕事（雑用）は多岐にわたる。

物置の掃除や買い物の荷物持ちなんてベタな雑用もあれば、車の運転をやらされることもある。旦那さんに先立たれてからしばらくして免許も返納してしまったからと言うが、免許取り立てのペーパードライバーとしては人を乗せての運転なんぞ怖くてしょうがないので本当は勘弁していただきたい。

そういった仕事の中の一環としてちょくちょく入るのがお孫さんたちの世話というものだ。

何故かお孫さんたちは大家さんに養育されていてご両親の姿を見たことも話を聞いたこともないのであるが、所詮他人の家の都合なので詳しいことは知らない。

ともかくそのお孫さんたちがゲーム好きであるのだが、最近のゲームはけっこうオンラインでマルチプレイ前提のタイトルも多いため、僕が数あわせで呼ばれるのである。

「なるほどねえ。つまり、お孫さんと遊んであげる一環としてゲームをするって訳か。紛らわしい言い方をするなよ」

「仕事でゲームって言うからどういうことかと思ったよ」

僕の説明に、西園寺と東雲が納得したようにうなずいている。

いや、今更だけどお前らなんでいるんだよ。

金曜日の夕方。

講義を終えて帰宅し仮眠をとっていた僕は、ふたりの訪問で起こされた。寝起きで頭が働かずについ説明までしてしまったが、今日飲み会は無理だと伝えてあったにもかかわらずやってきたふたりに疑問を呈する。

「いやなに。日頃宿代わりにさせてもらっているし、ボクたちで何か手伝えることがあればと思ってね」

「邪魔になりそうなら退散しようと思ってたけど、そういう話なら手伝えそうだね。夏希もなんかパチンコで沼ってるとか言ってたけど後から来るから」

北条……。あいつは本当にぶれないな……。おそらく当たらなくて熱くなっているのであろうからやつはしばらく来れないだろう。

しかし、手伝いか……。申し出はありがたいのであるが、正直手伝ってもらうようなことはおそらくない。

「どうしてだい？　ボクらもそれなりにゲームの心得はあるから、一緒に遊ぶぐらいのことはできそうだけど」

それはわかってる。我が家でも酒飲みながら皆でゲームしたりするし、西園寺たちがゲームがめちゃくちゃ下手ということもない。

　それでも今回に関してはちょっと難しいだろう。なにせ今回遊ぶゲームはＦＰＳ（ファースト・パーソン・シューティング）のゲームだ。カジュアルゲーマーにはハードルが高い。

「ＦＰＳって……、銃を撃ったりするシューティング？」

「イカとかタコが液を塗りたくるあれかい？」

ジャンルも合っているしどのタイトルのことを言っているのかも理解できるのだが、西園寺の言い方はなんか引っかかるな……。あれは万人受けを狙ったカジュアルなゲームだが、これからやるゲームはもっとハードルが高くてめんどくさいやつだ。

「そういう系なんだ。確かにその手のゲームをやったことない私たちだと手伝うのは難しそうかな」

「ボクも動画とかは時々見るけど、一緒にやるには足手まといになりそうだ」

そういう事である。僕もそちらに拘束されるし、寝ようとしてもゲーム画面の光が邪魔するだろうから泊まるのもおすすめしない。

「いや、そうは言っても日付が変わる前には終わるだろう？　帰るのもめんどくさいし、泊めてもらえるとありがたいんだけど。終わるまでは静かにちびちび飲んで(やって)るから」

残念ながら日付が変わっても終わらないぞ。

「うわあ、休日とはいえよくやるね。朝までコースってこと？」

いや、二十四時間耐久コースだ。

「はあ⁉」

西園寺が何言ってんだこいつと言わんばかりの表情を見せるが、ガチである。今回の依頼は、大家の婆ちゃんの孫たちと一緒に二十四時間ぶっ続けでＦＰＳだ。

「なるほど。金曜日の夜から土曜の夜までゲームしっぱなしなら、日曜日はとても動けそうにないね……」

「いやいやいやいや、どんな依頼だよそれ。なんで休まず耐久する必要があるんだ。どうせなら夜は寝て日中遊べばいいじゃないか」

そうなんだよなあ、本来は……。僕としても気は乗らないがこれも大家さんからの依頼なのだ。家賃削減のため、僕に受けない選択肢はないのである。

僕の話を聞いても、興味が湧いてきたと言ってふたりは帰ろうとしなかった。まあ大人しくしていてゲームの邪魔をしないのであれば別にかまわない。

約束までまだ時間があったので三人でご飯を食べに出たりゲームの間に必要そうな物を買い出ししたりシャワーを浴びたり、長丁場を耐え抜くための準備を進めているとインターホンが鳴った。

「あれ？　もう夏希が来たのかな」

まさか。あいつはさっきまでグループトークでパチンコの闇を見せつけていたのでまだ来ないだろう。それに別の心当たりがある。

玄関に向かい、鍵を外してドアを開けると予想通りの人物が立っていた。

「バイトさん、お疲れ様です！　今日はよろしくお願いしますね！」

はきはきとしたよく通る声と目のくりっとした明るい容貌に加え、黒髪は大きなリボンでまとめられていて実に可愛らしい。高校の制服を身に纏ったその姿が、僕の周囲から最近急速に失われ始めた若さを感じさせる少女だった。いや、僕自身は高校時代から若々しかった記憶はないのだけれど。

やあ、と軽く手を上げて挨拶をしていると、肩に手を置かれる感触。

振り返ると東雲と西園寺が深刻そうな顔をしている。

「いや、さすがに未成年は不味いよ」

「ボクたちも付いていってあげるからさ。警察行こ？」

判断が早すぎる……。この娘はそうじゃなくて――。

僕が説明する前に、件の少女が元から大きな瞳をさらに大きく見開いて叫ぶ。

「え、嘘っ⁉　ま、まさかさんぴーですか⁉　そんなあ！」

おいやめろ！　天下の往来でなんてこと叫んでくれてやがるんだこの娘⁉

慌てて少女を引き込んで扉を閉める。一瞬の出来事であったためおそらく目撃されてはいまいが、しばらく外を出歩くときは人目を気にしなければならないかもしれない。

一息ついている僕を余所に、西園寺と東雲がふざけ始める。

「ようこそ酒池肉林の世界へ」

「ちょうどいい。ふたりじゃ彼の相手が大変なところだったんだ」

「ええっ！　いや、そのっ……わ、わたし初めてで……」

「大丈夫大丈夫、優しく教えてあげるから……」

ふたりの戯れ言を真に受けて耳まで真っ赤にする彼女を見て頭痛を堪えつつ止めにかかる。

未成年の教育に良くないことは止めろ。そんなことしといてよく人のことをあれこれ言えたな。

「いやあ、反応がよかったからつい」

「ここまで良いリアクションされると私たちの方も気合いが入るよね」

入れるなそんな気合い。

「え？　え？」

まだ事態が把握出来ていない彼女に、このろくでもない女たちがただの友達であることを説明する。

「な、なあんだ。わたしてっきり、爛(ただ)れた大学生活見せつけられたのかと……」

流石(さすが)に想像力が飛躍しすぎてるんだよなあ……。

この娘も普段はしっかり者な女子高生なのだが時々耳年増(みみどしま)なのが玉(たま)に瑕(きず)だ。

「ところで、彼女のことを紹介して欲しいんだが」

「まあだいたい察しはついてるけど」

いけしゃあしゃあと述べるふたりを半眼(はんがん)で睨(にら)むがどこ吹く風といった様子だ。ため息をつきつつ疑問に答える。

ふたりの予想通り彼女は大家さんのお孫さんのひとりだ。

「改めましてこんにちは！　牛嶋七野(うしじまなの)です！　バイトさんにはお姉ちゃん共々いつもお世話になっております」

「よろしく。早速色々突っ込みたい要素が出てきたな……」

「七野ちゃんの姉ってことは私たちと同年代ぐらい？　お孫さんの世話なんて言うからも

っと年下相手かと思ったよ」

なんなら姉の方は大卒である。

「年上相手に世話っていうのはどうなんだよ……」

呆(あき)れたようにつぶやく西園寺に七野ちゃんは申し訳なさそうに口を開く。

「あの、恥ずかしながらそれでだいたい合ってるんです。ゲーム好きの姉の遊び相手になっていただいてるのは間違いありませんので……」

「ゲームガチ勢はお姉さんの方なんだね」

「はい。わたしもお姉ちゃんに付き合って遊んでるんですが、お姉ちゃんが今ハマってるゲーム的に三人のが都合よくて」

「彼をバイトさんなんておもしろいあだ名で呼ぶのはゲームの数あわせを指したアルバイトということだね。ゲームに付き合うだけでいいバイトなんて楽そうじゃないか」

そう思うなら代わってもいいぞ。二十四時間連勤、休憩不定期の業務に耐えられればな。

「いやあ、代わりたいのは山々だけどね。バイトに入るための資格(ゲームスキル)が無いから」

なるほど。今度資格の必要ないゲームをする事があったら代行を頼むとしよう。

僕の言葉にじっとりと冷や汗をかき始めた西園寺を尻目に東雲が首を傾(かし)げる。

「それで、七野ちゃんはどうしてここに？　ネットでやるゲームなら部屋に集まる必要は無いと思うけど」

「そうですね。学校終わりの帰りがてら挨拶に寄らせていただいたのですが、本来の目的は別にありまして……」

姉の方──八重さんを起こしにきたんだよ。あの人、寝坊の常習犯だから。

「……？　起こしにって、お姉さんは大家さんの家にいるんじゃないのかい？」

引き継いだ僕の言葉に疑問の表情を浮かべるふたり。まあそうなるよなと思いつつ、僕は部屋の壁を叩いてみせる。

八重さんはこの壁の向こう側に住んでいるのだ。あの人は無駄にひとり暮らしなのである。

「そうなんだ……。最近はちょくちょくここに通ってるけれどそれらしい人とすれ違ったかな……？」

「ボクも見た記憶はないね」

「な、何度も通って……。ごほん。いえ、それは仕方ないと思います。お姉ちゃん、引きこもりなので」

つまり、日がな一日どころか、滅多に家から出てきもしないで寝ても覚めてもゲームばかりしてるのだ、あの人は。

「えぇと……。つまりニートってこと？」

「いや、まあ、仕事してないわけじゃないんです。個人事業主として稼いではいますので。ただ、本人にその自覚はほとんど無いですが……」

「だめじゃないかそれ……？」

まあ、大家さんの遺産が入れば働かなくてもなんとかなるぐらいにはなるらしいから……。

「い、一応今の暮らしは自分で稼いだお金で賄ってるんです」

七野ちゃんが必死に擁護しているが、西園寺と東雲の中では既に駄目人間の烙印がおされているだろう。正しい認識である。

「と、とにかく、今日はよろしくお願いしますね！　それじゃあ！」

いたたまれなくなったのか逃げるように背を向ける七野ちゃん。あの姉がクズなのは七野ちゃんのせいではないというのに。

と、七野ちゃんが思い出したように振り返る。

「あ、バイトさん。今さらだとは思いますが、くれぐれも情報漏洩には気をつけてくださいね」

不思議そうな顔をするふたりを尻目に首肯する。

もちろんわかっている。こいつらはほぼほぼ大丈夫だし、滅多なことにはならない。

「了解です。それでは、また後で！」

部屋を後にする七野ちゃんを見送りつつ、西園寺は不思議そうにする。

「……情報漏洩？」

ああ、それについては気にする必要は無い。今回の話を余所でしないでくれればいいだけだから。

「意味深な発言だなあ」

まだ話を聞きたそうなふたりを適当にあしらいつつ部屋に戻る。あえて詳しい説明をすることもあるまい。説明するのもめんどくさいし。

＊

約束の時間五分前にパソコンの前に座り、起動する。西園寺と東雲は僕の左右から珍しそうにパソコンの画面を覗いている。見られて不味いものはフォルダの奥深くにしまっているが、あまり覗かないでもらいたい。

ゲームを起動しフレンド欄を確認すると、七野ちゃんは既にログインしていたが姉の方はまだログインしていなかった。

あの人、まさか二度寝とかしてないだろうな……。

「ボクはあんまりこういうゲーム詳しくないけど、フレンドと一緒にやるならボイスチャットとかで通話しながらやるものじゃないのかい？」

一応マイクは持ってるしやろうと思えばできる。だが、やらない。

あの姉妹と通話するとずっと雑談しながらやることになるから、シングルタスクの僕では会話についていけないのだ。

「いや、こういうときって普通ゲームに集中するよりも友達とわいわいやるものじゃないの……？」

それでいいなら僕も会話半分ゲーム半分で適当にやっているが、姉の方は延々と喋ってるくせに結果にも厳しいタイプだから半端なことは出来ないのだ。戦力として計算されて手伝わされてるのに無様を晒したらなんと言われるか……。

「うわあ……。たかがゲームと思ってたけどマジでハードルが高いんだな……」

いや本当に……。大家さんからの依頼の中でも拘束時間と精神疲労が半端ない部類なのだ、この案件は。

そうこうしているうちに約束の時間を数分過ぎてからやっと八重さんが入ってくる。

やれやれ、いつも通りとはいえ重役出勤だな。

そういう訳で僕はゲームに集中するから。部屋の中で静かにしてるなり帰るなりしてくれ。ふたりに向かってそう告げるが、西園寺は首を横に振った。

「夏希もまだ戻ってきてないし、少なくともそれまではいるよ」

「まあグループトークの様子を見るに閉店まで粘りそうな雰囲気だから、帰りは終バス後だろうけどね。ボクたちは勝手にくつろいだり邪魔しない程度に観戦させてもらうさ」

それならそれで別にかまわない。勝手にしてくれればいい。

それだけ言って正面のパソコン画面の方を向くと、僕はイヤホンを耳に差し込んだ。ちょうど姉の方の準備も整ったようで、低く気怠げながらよく響く特徴的な声が聞こえてくる。

『さあて、それじゃさっそくやりますかあ……』

『お姉ちゃん酷い声だよ。せっかくちょっと早めに起こしたんだからもっとしゃんとしてよね』

『そうは言っても、お姉ちゃん朝からずっと寝っぱなしだったから身体がだるくてなあ』

『それは寝過ぎだよ！　ていうかそれって今朝ゲーム止めてからずっと寝てたって事だよね？』

『ほら、今回の耐久のために寝溜めしとかないとだったから……。おかげで寝落ちの心配も無いってことよ』

『生活リズム崩しすぎだよ……。あんまり酷いとまたお婆ちゃんに言いつけるからね』

『ま、まあそんなことはいいじゃねえか……。と、とにかく妹ちゃんが起きてる間にさくさく進めないとな。バイト君もよろしく頼むぜ』

七野ちゃんの追及に露骨に話を逸らす八重さん。だらしない姉と世話焼きの妹という、なんとも力関係の分かりやすい姉妹だ。

　さて、これからが長丁場である。

　これから遊ぶゲームのジャンルは、ここ数年で急速に発展したバトルロイヤル形式のＦＰＳである。時間経過と共に縮小していくマップの中で最後まで生存することで勝利となるルールであり、その中でもこのタイトルは選択したキャラクター固有の特技を活かして三人一組で戦うスタイルを基本としている。

　この集まりの発起人である八重さん曰く、ソロで野良と組むよりも連携が取りやすいチームの方が都合が良いらしい。

　それならわざわざ僕をバイトに呼ばないでゲームしながらボイスチャットもできる友達を誘えばいいと思わなくもないが、もうひとりが身内である妹な時点で彼女の交友関係はお察しだ。……まあ、僕も人のことは言えないけれど。

さて、キャラクターごとに特徴がある以上、三人のチームにも役割というものができてくる。

ゲームガチ勢でプレイ歴も長い八重さんはその視野の広さと経験から指揮官と索敵を兼ねる。妹の七野ちゃんは歴は長くないらしいのだが、姉に付き合って最近がっつりこのゲームをプレイしているため急成長中とのこと。反射神経がよく、本人も何も考えずに突っ込むのが性に合っているというので前衛を務める。

僕はと言えば昔からこういったジャンルのゲームは経験があったし、このゲーム自体もサービス開始初期から遊んでいたためけっこう慣れている。ただしチームプレイの経験は皆無である上ボイスチャットも聞き専となるため遊撃担当という名の八重さんのパシリだ。八重さんの指示に従って七野ちゃんの援護から裏取りまで、言われるがままになんでもこなす役割である。

これまでこの組み合わせで数回遊んでいるが、分担も上手(うま)いこと機能してそれなりの戦績を残している。

実力の指標となるランクも少しずつであるが上昇してきており、上位十パーセントの好ランク帯も目の前に見えてきている。順調にいけば今回で達成できる可能性もあるのだ。

実際にプレイしてみても試合ごとに安定した順位をキープできており、順調な滑り出しと言えた。

『いやあ、快調快調。この調子なら早々に上のランクに上がっちまうかもしれねえなあ』

機嫌良さげな姉の台詞(せりふ)に妹がちゃちゃちゃを入れる。

『お姉ちゃんが最初からシャキッとしてくれてればもっとランクポイントを盛れたんだけどね』

『そりゃあこの先の長丁場を生き抜くための致し方ない犠牲ってやつさ。なんちゃらダメージってやつ』

『はいはい、コラテラルね』

『そうそうそいつだ。……っと、後ろからお客さんだ。ポジション有利だし、そこの建物で迎え撃とうぜ』

八重さんの指揮の下でしっかりと連携して戦ったその試合では見事最後の一チームになることができ、八重さんの機嫌も最高潮である。

『さてと、わたしは今日これで最後かな』

『もうそんな時間かあ。ゲームをしてると時間が過ぎるのが早いぜ全く。しばらくはチームが崩れちまうなあ』

時間を確認すると、そろそろ日付が変わる一時間前だ。七野ちゃんは大家さんの方針で、高校卒業まで夜更かし禁止なので、このぐらいの時間には就寝しなければならないのである。

『明日はお婆ちゃんに頼んで朝から一日付き合ってあげられるようにしたから、それまで我慢して』

『おお、ありがてえ……。愛してるぜ、妹ちゃん』

『はいはい、調子いいんだから。それじゃお休み。バイトさんもお休みなさい』

『はいよ、お休み～。……さあて、ちょうどいいから一度小休止といこうかね。そうさな、再開は二十分後。バイト君もそれでよろしく』

七野ちゃんがゲームからログアウトしたのを見て、八重さんは一方的に告げるとボイスチャットを切った。まあ、こちらがボイスチャットに参加しないのが悪いのだけど。

とにかく僕もイヤホンを外して大きくノビをする。

「おや、休憩かい？」

テーブルの上でノートパソコンを開いて何やら作業をしていた西園寺が顔を上げる。おそらく文芸サークルに提出する作品を執筆していたのだろう。もしくはまったく関係ない趣味《官能小説》の執筆をしていたか。

東雲の姿が見当たらないのは間違いなくベランダでニコチンの補給中だ。

「ナツからさっき連絡が入って、今こっちに向かってるってさ……ああ、着いたみたいだね」

「ただいま～。いやあ疲れたあ」

チャイム音もなく玄関の扉が開く音と共に北条の声がする。以前はこちらが扉を開くのを待っていたのに最近は遠慮無く侵入してくるようになってしまった。

「ああ、お疲れ。グループトークは見てたけど、結局今日は勝ちなの？」

ベランダから東雲が顔を出して北条に問う。いつの間に脱いだのか、シャツだけ羽織ってパンイチの部屋着スタイルだ。最初は男の子には目に毒な光景なので止めてほしいと思っていたのだが、最近は僕の目も毒に慣れてきてこれ以上脱がなかったらいちいちうるさく言うこともないかなと思い始めている。

「長く苦しい戦いだったわ……。投資七諭吉のうち五諭吉まで返ってきたから実質勝ちね」

「諭吉が二枚消えてても？」

「パチンコを打つときは結果だけじゃなくて過程を大事にするものだから……」

東雲の正論パンチに目を逸らしながら答える北条。受け流せてないぞ。

「あたしの方はいいのよ！　それで、なんか二十四時間耐久ＦＰＳとかっていう無茶苦茶なバイトしてるって聞いたけどどんな感じなの？」

「今は休憩中らしいよ。さっきまで四時間ぐらいぶっ続けでやってたから。それだけでもボクなら音をあげてるね」

「へえ、そのお孫さんも気合い入ってるわねえ。そのゲーム、実はあたしもちょっとやってるのよね～。どれどれ……ん？」

なんだ、北条も経験者だったか。もしランクが合うなら据え置きゲーム機で七野ちゃんの代わりをやらせるのもありだな……。

「んん……？　あれ、これって……」

「どうかしたの？」

北条がなにやらゲーム画面を見て首を傾げている。

「いやあ、あんたとお孫さん？　のアカウント名にすごい見覚えが……」

そう言って北条はスマホを取り出すと、動画共有サービスのアプリを立ち上げる。

「ああ～……やっぱり。あんたとんでもない仕事してるのね」

「とんでもないって？」

東雲の質問に、北条は自分のスマホ画面を掲げて皆に見せてくる。

画面に映っているのは僕がやっているゲームの待機画面だ。

「これってライブ配信……？」

「そうそう。で、これに今見えてるユーザーのアカウント名なんだけど……」

「……彼やお姉さんと同じアカウント名だね」

そう。北条のスマホに映っている画面と今の僕のゲーム画面はほぼ同じ状態だ。違うのは僕と八重さんのアバターの立ち位置と、スマホ画面右端に映っているキャラクターだけ。

「これ、ＶＴｕｂｅｒの配信だよね？　そこに彼と八重さんのアカウント名が入ってるって事は……」

三人がスマホ画面から顔を上げて僕の方を見てくる。いや、アニメ好きが高じてパチンコ打ちになった北条ならこの手の業界に明るいことも想定してしかるべきだったか。

そう。八重さん、企業所属のＶＴｕｂｅｒだから。改めて言うけど余所(よそ)じゃ口外しないように。

「ええ……」

「大家さんのお孫さんと遊ぶって話が、どうしてＶＴｕｂｅｒの配信に参加する話になるんだよ……。君、説明が不足しすぎじゃないかい？」

別にわざわざ話すことでもないからな。

「いやいや、それこそ守秘義務とかあるだろうから、そこはちゃんと説明しなさいよね……」

北条が気がつかなければこんな面倒なこと説明せずに済んだのだ。ＶＴｕｂｅｒの配信に参加するから他言無用だなんてこっちから言えるわけがない。

「いやまあそうではあるがね……」

「それよりも、あんたこの状況でよくゲームやってられるわね……このＶ――喜瀬川吉野ちゃんって今大変なんでしょ？」

ん？　大変というのは？

「……え、あんたまさか知らないの？　知り合いで一緒にゲームもしてるんだから配信ぐらい見てるわよね？」

いや、見てない。編集された動画とかならともかく、他人のやってるゲームを延々と眺めるぐらいなら自分でやるし。それに、リアル知人が萌え声とか発してるのとか見たらなんか嫌じゃん？

「ああ、あんたそういうタイプだったわよね……」

「何か問題でもあるの？」

ため息をつく北条に東雲が問いかける。北条はちょっと言いづらそうに口をもごもごさせていたが、やがて口を開いた。

「ええと。今、吉野ちゃんってば荒らしの被害を受けてんのよね」

僕は北条の言葉に驚いた。ＶＴｕｂｅｒへの荒らしというのは、ライブ配信のチャットへ悪意のある書き込みを繰り返したり、ＳＮＳで発信することを言う。

何度か八重さんが配信している際にゲームに参加しているが、彼女がそのような様子をみせることは今までなかった。

「荒らしって、何か彼女に落ち度でもあったのかい？」

「別に悪いことをした訳じゃないんだけど……」

じゃあ何故(なぜ)？

「……彼女が、特定の男を引っ張り込んで一緒にゲームしてるから。つまり、たぶん。あんたのことなんだけど」

ええ……。

＊

八重さん――喜瀬川吉野が所属しているＶＴｕｂｅｒ事務所〝ＶＳＴＹＬＥ〟は女性ラ

イバーのみが所属しているが、だからといって男性との交流を禁止しているわけでもなく余所の事務所所属の男性ライバーや顔出し配信者とも普通にコラボしたりしていた。

喜瀬川吉野はその事務所でもゲーム部門所属と銘打ってデビューしており、男女問わず一緒にゲームで遊んでいたしデビュー当時は特に問題にもならなかった。

その状況が変わったのは、吉野より後にデビューした後輩たちの代が大バズりして登録者を大幅に増やしてからだ。それぞれの色を持ちながら視聴者たちを魅了する彼女たちには熱狂的なファンが付き、その推し具合はアイドルさながらのものだった。

ガチ恋勢と呼ばれる彼らは、推しのライバーに投げ銭という形で思いの丈をぶつけた。その収益はライバーにとっても、そして運営にとっても無視できないほどの額となり、少なからず彼らの顔色を窺わざるを得ない状況となってしまう。

彼らに推し続けてもらうためには、ライバーたちに男の影があってはならない。彼女たちは誰に言われたわけでもなく自然と男性とのコラボを自粛するようになり、それは自分たちの元でもガチ恋勢が出現し始めた他の世代の所属ライバーにも波及していった。……喜瀬川吉野以外には。

吉野は周囲の状況に一切忖度(そんたく)しなかったし、気にもとめなかった。楽しくゲームをしたいがために今の活動をしているのに、遊び仲間を自分から減らしにいくのは愚の骨頂と言わんばかりにコラボをし続けた。

しかし、そんな喜瀬川吉野を推し始めた一部の厄介なガチ恋勢は、吉野が男と絡むことを許さなかった。

彼らは吉野の配信で、男性と絡む吉野にお気持ちを表明する。そんな彼らに吉野は自分の配信スタイルをきっちりと説明し、今後もスタンスを崩さないことを明言したがそれで聞き分ける人間ならばこのようなことは行わない。

一部の過激なガチ恋勢が推しであるはずの吉野の配信で荒らし行為を行い、それがスルーされると吉野とコラボする男性の配信に荒らしを行い始めてしまった。相手の被害を考えれば、吉野も無理にコラボのお願いはできない。

吉野はひとりで、または女性ライバーのみとのコラボで遊ぶことしか出来なくなり、吉野の傍から男の影がなくなって配信が荒れることもなくなった。——吉野がバイトを雇うまでは。

「で、この吉野ちゃん……より、さんの方がいいのかな？　吉野さんが急にリアル妹と謎のバイトを引っ張ってきて、三人で遊ぶようになったのよね。妹ちゃんに関してはみんな大喜びで受け入れたんだけど、バイト『君』にユニコーン——過激な視聴者が反応してさあ。そいつはだれだ！　男を引っ張り込むなって大荒れな訳」

「へえ。好きな女性ＶＴｕｂｅｒに男の影を許さないからユニコーンってこと。怖いものだね」

「一応、いちＶＴｕｂｅｒファンとして言わせてもらうと、そんなことするのはホントに一握りなんだけどねえ。そういう人に限って声がでかかったりするからさ」

「大多数の普通なファンよりも一部のユニコーンとやらの大騒ぎが目立ってしまうのか。まあ、そういうのはどこにでもある話だよ」

ふうん。

僕が適当に相槌を打つと、北条は呆れたような表情で突っ込みを入れてきた。

「当事者のくせに興味なさすぎでしょ。もっとこう、動揺するとかなんかないの？」

いや、別に。実害があるわけでもないから僕は困ってないし。

「本当にぶれないね……。アカウント名で特定されたりしてそうなものだけど、ゲームしてるときとか嫌がらせされなかったの？」

ううん、特にそういったこともないな。まあアカウント名はバイトのときとプライベートのときで変えてるし。

……そういえば、バイトの後とかにやたらフレンド申請が飛んでくるから、八重さんの情報が欲しいからかと思って全部拒否してたけれど、もしや僕への攻撃目的だった可能性も？

「普通にあるだろうさ。身バレ対策の対応が功を奏したようだね」

なるほどと頷きつつ、八重さんの配信画面を眺める。画面右下に表示された喜瀬川吉野の2Dモデルは不自然に首を傾けたまま微動だにしない。八重さんはまだ離席中なのだろう。

上半身しか表示されていないが、派手な色彩の着物を着崩して肩を露出した姿からイメージは吉原の花魁だろうか。髪を結い上げて化粧を施した容貌は実にそれらしく、赤いアイシャドウの塗られた他者を寄せ付けない鋭く気位の高そうな目つきが遊ぶのにもハードルが高かったという花魁らしさを感じさせる。

まったく。

ガワがこれでも、中身はゲームに入れ込みすぎて閉じこもった引きこもりでしかないというのに。それでも牛嶋八重と喜瀬川吉野はどことなく似ているなと思ってしまうのは、中の人を知っているが故の贔屓目か。

配信には数千もの人々が視聴しに来ているようだ。随分多いと思ったが北条が言うには事務所の他のライバーには万を超える同時接続者数を維持する者が何人もいるらしい。世の中広いものである。

チャットを覗いてみると、コメントが途切れることなく流れ続けている。こちらも盛況かと思っていたがどうも様子が違う。

通常のコメントに加えて、明らかに文字量の多い長文コメントや『バイトを辞めさせろ』だとか『追い出せ』だとか、不穏な単語を繰り返し述べているコメントが散見される。中には投げ銭をしてまで目立つようにコメントをしているものまでいて、実にご苦労なことだと思う。

それらのコメントは削除されたり、場合によってアカウントごと消える事もあるがしばらくするとすぐに別のアカウントが同じコメントを垂れ流している有様だ。

八重さんが試合の合間や手隙のタイミングでコメントを拾っているのは知っていたが、あまりにも普通にしていたのでこんな状況で配信しているとは気がつかなかった。意図的に無視をしていたのだろうが、たいした胆力である。

「この状況を七野ちゃんも知ってるんだろうね……」

「さすがに配信も見てるでしょ。どっかの誰かさんと違って」

誰のことなのかちょっとわからないですね……。

少なくともリアルタイムで配信を見ながらゲームはしていなかったとは思う。あの素直な娘がこんなチャットを見ながら平然とゲームできるはずがない。というかリアルタイムで見てなくても平静ではいられないタイプな気がするのだが、七野ちゃんからはそういった様子はみられなかった。

まあ、妹思いの八重さんがこんな状況でゲームに参加させているのだから、なにかしら手を打ったのだろう。たぶん。

「しかし、これはあまりいい状況じゃないのではないかな？　こうも誹謗されていては健全とは言えないし、ネット越しのこととはいえどこからか情報が漏れてリアルに被害が出ないとも限らないと思うのだけれども」

「それはそうだね。お姉さんもこんな状態で無理に配信続けてても精神的に辛いんじゃないかな」

それはどうだろうか。

「いや、普通こんな色々言われながら実況なんてできるもんじゃないわよ。あたしの知る限り、こういう炎上したら折れるなり休止するなりお気持ち表明なり、なにかしらするもんだけど」

普通はそうなんだろうが、何しろ八重さんだからなあ……。あの人普段はだらしない所もあるが社交的で気風のいい姉ちゃんなのに、ことゲームに関しては頑固なところがある。

七野ちゃんに聞いた話だが、在学中から大家の婆ちゃんの就職しろって小言をガン無視し続けてゲームへの熱意だけで今の事務所に入ったらしいし。

「確かに吉野さん、普段はそうでもないのにゲームに関しては負けず嫌いだし、自分のプレイに納得いかないと延々と練習とかしてて、視聴者置いてけぼりにしちゃうところあるのよねえ。そういうストイックさが好きな人も多いんだけど」

「ゲームへの思いあふれるかっこいいエピソードだが、冷静に考えてみるとお婆ちゃんの話を聞かないでゲームばかりしているあたりクズだな……」

　あの人は基本的にクズだよ。ちゃんとしてれば真っ当に生きられる能力があるのに、そのリソースの大半をゲームだけにつぎ込んでいるのだから。

　まあそういう人なので、今の配信も視聴者を楽しませたいとかもっと人を呼び込みたいとかよりも、自分がやりたいからって欲求を優先しているのだろう。だからこそご覧の有様でも平然としていられるのだ。

「企業の利益に真っ向から反してるねそれ……。けど、そうだとしてもわざわざ君を、部外者の男を出す必要はないんじゃない？　そんなことしないで七野ちゃんとふたりでとか、女性の同業者を呼んでくれれば済むと思うんだけれど」

　東雲の真っ当な疑問への反論の材料はない。まあ、バイトの身としてはどんな状況であろうが指示されたことをやればいいだけではある。八重さんが燃えていても僕は困らないし。

……しかし、被害はともかく彼女の不可思議な行動はどうにも引っかかる。何故わざわざ火に油を注ぐような真似をするのか。それも、大事な妹である七野ちゃんを巻き込んでまで。その七野ちゃん自体がこの件をどう思っているのかも気になるところだ。

——ああ、これだから嫌なのだ。人付き合いというものは。

当たるはずもない推測であれこれと相手の思惑や気持ちを推し量り、必要かどうかもわからないお節介をすべきか悩むはめになる。

最近は何も考えていないお気楽な奴らの相手ばかりしていたからそんなことも忘れていた。

……いやまあ、西園寺が過去にいろいろあって悩みを抱えていたのを知っているだけに、かならずしもそうだとは言い切れないのだけれども。

そんなことを考えつつも疑問自体は解消されずもやもやとしている間に八重さんが戻ってきたのか、北条のスマホ画面に映った喜瀬川吉野が動き始める。慌ててイヤホンを着け直すと八重さんの声が聞こえてくる。

『さあて、それじゃあ再開といこうかね。バイト君も問題ねえな？』

仕方がない、今はバイトに集中するときだ。

　僕は大きく息を吐いて気持ちを入れ替えると、ゲームの準備完了ボタンを押して合図する。

『よしよし。妹ちゃんがいない間にポイント減らしてるなんてことがないようにしねえとなあ』

　今も八重さんの配信は荒れているはずなのに、そんな様子を少しも感じさせない声音だ。八重さんはこの状況をまったく気にしていないのか、それとも――。

　……いけないいけない。当事者である八重さんが平然としているのに、部外者である僕が集中力を欠いてプレイに影響が出たら目も当てられない。それこそ八重さんにどやされてしまう。

　しかし、それから数時間。集中してゲームに取り組んだつもりだったのだが、成績の方はいまいちよろしくなかった。三人が統制の取れた連携をしていた先ほどまでとは違い、野良のプレイヤーと組むとどうしても意思疎通に不都合が生じて連携が乱れるのである。

『ちょっ！　ひとりで突っ込むんじゃ……。ああ、だめだこりゃ。あれは助けられねえ。諦めて引くぞ』

『よし、ナイスだバイト君突っ込むぜ。……って、あの野良なんであんなとこまで下がってんだ⁉』

『スタートから別行動かよ……。無しとは言わねえが、物資集めたらちゃんと生きて合流してくれんのかね。……あ、やられた』

『うっそだろやられた！　バイト君だけでも逃げてハイドしてろ！　……って、バ、バイトォ⁉︎　……いやあ、見えてる崖から落下とかいうしょぼ死するバイト君を初めて見た気がするわ。仏頂面したバイト君の顔が目に浮かぶぜ。まあしゃあない。切り替えて次いこうぜ』

……それに加え、僕の凡ミスによる早期敗退でランクポイントを大きく下げる失態もあり、七野ちゃんが抜ける前よりもランクポイントは少し下がってしまった。

通常であれば、痛い敗戦も僕は悪くねえの精神で流してしまえるのだが、こうも露骨な凡ミスをしてしまうとそうも言えない。

妙なツボに入ったのか、いまだしゃべりに笑いが混じっている八重さんの声音を聞いていなければもっと気持ちが落ち込んでいただろう。仏頂面は余計だが。

試合開始の待ち時間にイヤホンの片側だけ外して振り返ると、三人が顔を突き合わせてひとつのスマホをのぞき込んでいた。日付も変わってしまったし寝てしまえばいいものを。

「うわあ、恥ずかしい死に様さらしてるわ」

「吉野さんの笑いから憐れみを感じるね」

おいお前ら。

「あ、聞かれてた。やーい恥ずか死～」

平然と煽ってくる北条を余所に、西園寺は渋い顔だ。

「ううん。普通こんな死に方したら配信なんて盛り上がりそうなもんだが、そうでもないなあ」

「笑っている人もいるけれど、バイト君への暴言と煽りで相殺されてるね。これは」

「あたしも何回かこのリアル身内コラボ見てきたけど、過去一の荒れ具合ねえ。暴言煽りを器用に避けてコメントを拾ってるあたり吉野さんもプロだわ」

ちゃんとしたプロならこんなことになる前にきちんと対策してるはずだけどな。

「そうなんだよなあ。そもそも事務所はこの状況をどう思っているのかね。現状を放置しているだけでは批判は免れないと思うのだけれども」

「ぶっちゃけ批判の声は出てるのよねえ。対策もしなけりゃ声明のひとつもださないから色々言われてるわ。急に人気が伸びてきた事務所だし、人手が足りないのかしら」

『さあて次は勝って挽回しねえとな。どこに降りるかねえ』

そんな会話をなんとなしに聞いているうちに、いつの間にか試合が始まっていた。八重さんの声に慌ててイヤホンを着け直して画面の方を向く。

集中しなければなんて言いつつ、まったく集中できていない現状に内心で舌を打つ。そもそも、試合の合間とはいえゲーム中に他のことに気を向けている時点で開始直後のパフォーマンスを保てているとは言えないだろう。

まったく、他人事が気になって集中できないなんて今の僕のキャラじゃないだろうに。

しかし、その後の試合も戦績はぱっとせず、ランクポイントを維持するのが精一杯な有様であった。

僕自身もそうであるが、自分の思うように試合運びができないせいか安定していた八重さんにもミスが出始めている。

『……ちっ！　やらかした！　なんであそこで外すかねオレは！』

ひとり生き残っていた八重さんが一対一の打ち合いに負けたことで悪態を吐く。今のでせっかくプラスになったポイントがマイナスに戻ってしまった。

ゲームは楽しくがモットーの八重さんも珍しく機嫌がよろしくない。それでも先に落とされた僕や野良のせいにしないのは流石である。

しかしどうしたものか。以前から八重さんと僕と野良で組むことは何度もあったが、八重さんがここまで調子を崩すのは初めてのことだ。

僕が勝手に調子を落としているだけの話ならまだいいが、流石の八重さんも度重なる中傷が響いている可能性がある。そうなれば今まで徹底してスルーしてきた荒らしコメントに余計な反応をしかねない。

『はあ……。どうにもいかんね。こりゃあ一回クールダウンが必要だな。時間もけっこうたったし一回休憩するぞ。今度は長めにとって再開は三十分後だ』

そう言って八重さんは音声を切る。

明らかに集中力を欠いた僕にはちょうどいい。

イヤホンを外し背後を振り向くと、相変わらず三人とも起きていて配信を視聴しているらしい。付き合いのいい奴らである。

で、配信はどんな感じだ？

「強いて言えば吉野さんが荒れてコメントの荒れ具合も悪化したかな」

なるほど状況は変わっていないということか。

別に配信が荒れようが構わないが、やはり荒れる原因の方が気になる。八重さんだから、で片付けるには不合理なことが多い気がしてしまう。気にする必要はないと自分に言い聞かせても、どうしても魚の小骨が喉に刺さって引っかかったような不快感が残る。

……ああだこうだ考えていても仕方がない。このままではストレスが溜(た)まるばかりだ。ストレスの根本の解消をすることにしよう。

「解消ってどうするつもりなのよ？」

決まっている。八重さんに話を聞くのだ。馬鹿正直に。

＊

お隣の部屋の前に立った僕は呼び鈴を鳴らして反応を待つ。

時刻はド深夜なのでもしかしたら出ないかなと一瞬頭をよぎったが、杞憂だったらしい。ほとんど待たないうちに部屋の鍵を外す音がして扉が開いた。

「よお。やっぱりバイト君か。どうしたんだよ急に」

地味な色合いをした甚平に、乱雑に括った髪と大きな黒縁眼鏡のやぼったさは喜瀬川吉野と真逆の地味さを醸し出している。眼鏡の奥にある鋭い目つきだけが、八重さんと喜瀬川吉野の共通点かもしれない。

妹である七野ちゃんの可愛らしさを思うとちゃんとめかし込めば共通点も増えるだろうが、八重さんがそういったことをする姿は僕にはイメージできなかった。本人もそんなことに使うお金があったらゲームを買うと断言するだろうし。

それぐらいざっくりした性格をしている八重さんであっても、こんな時間の訪問者をろくに確認もせず扉を開けてしまうのは無防備ともいえる気軽さでいかがなものかと思ったが、時間制限のある今は好都合だ。

僕は夜分の訪問を謝罪しつつ、八重さんにお伺いしたいことがあると告げた。

八重さんは僕の言葉にちょっと面白そうな顔をする。

「へえ。配信の合間のこのタイミングでね。いいぜ、中で聞くよ。入りな」

そう言って僕を招き入れる八重さんの後に続いて部屋に入る。造りは僕の部屋と同じはずだが、散らかり具合はこちらの方が段違いだ。

配信に使用しているパソコンの周りや床にはゴミやら下着やらが散乱し、テレビやその周辺の棚にはゲームハードやソフトが収納されているのだが、雑に出し入れしたようではみ出た配線やコントローラーが汚らしい。

七野ちゃんが起こしに来たときに掃除と整理整頓をしているらしいし、かつ起き抜けからずっとゲームをしっぱなしだったはずなのにどうやったらここまで部屋を汚せるのだろうか……。

ペットボトル類は何故(なぜ)かボーリングのピンみたいな感じで三角形になるように並べられているが意味があるのだろうか、これは。飲みかけのやつが何本も残っているのも不可解である。

「流石(さすが)にしょんべんはトイレでしてるから、期待してもらって悪いけどその辺はただの飲みかけだぜ」

何も期待しちゃいないし、八重さんがボトラーにまで成り下がっていたらすぐさま大家さんと七野ちゃんに言いつけるだけだ。

「い、いやだなあおい。私がそんなことするわけねえだろう？　そこまで人の尊厳は捨てちゃいねえよ。人には最低限守るべきラインってやつがあるからな、うん」

急に早口になるじゃないか……。まあ七野ちゃんに軽蔑されたくなければそのラインってやつは死んでも守ることだ。

「わかってるって。……で、バイト君は私に何を聞きてえんだい？」

時間もないことだし、無駄な前置きは省くことにする。

——何で僕を配信に呼び込んだんです？

直截な問いに八重さんは目を見張った。

「なんだお前急に……。ああ、もしかして私の配信見たのか？　チャンネル登録すらしなかったくせに今更だなおい」

偶然目にする機会があっただけのことだ。

わざわざ火種を持ち込んで盛大に花火をあげるのは八重さんらしい気もするが、七野ちゃんを巻き込むのはらしくない。

いったい何のためにこんなことをしているのか。今日はらしくないやらかしが多いと思ったら、そういうことか」

「ははあ、なるほどなるほど……。」

八重さんは納得したように頷いている。目を閉じ口元に手をあてているせいでその感情は読めない。

「つまりバイト君。お前はＶＴｕｂｅｒである私がなんで炎上の火種になる男をわざわざ呼んだのか、そんな炎上不可避な状況になんで妹ちゃんを近づけたのか。それが知りたいと」

いちいち確認しなくてもいい。

「まあ慌てるなよ。ちゃんと教えてやる。私がこんなことしている理由はな……」

そこで言葉を切ると八重さんは目を開き、口元の手を外す。その口元はだらしないほど緩んでいた。

「ねえよ。そんな大それた理由は一切ねえ。ただお前たちと一緒にゲームがしたかったから呼んだだけだ」

……はあ？

思わず目を見開く僕に、八重さんはげらげらと大笑いしている。

ちょっ、ちょっと待て、本当に何もないのか⁉

「そうだよ。最近は視聴者（外野）がいろいろうるさいからなあ。今まで一緒に遊んでたやつらは誘うと迷惑がかかるし、事務所ん中だと私のランク戦に付き合えるレート帯のやつはいねえしってんで、都合よく付き合える実力のある身内から選んだ訳だ」

それは軽率な気もするが、まあ納得できる。けど最初の一回の時点で配信は荒れたはずだ。そこで僕を外すことだってできたはず……。

「なんで私が外野の言い分を聞いてやらにゃいけねえんだよ。相手が男かどうかなんて知るか。まあ、あそこまで荒れるのは予想外だったけどよ」

あんた一応配信者だろう⁉　このまま燃えてたら視聴者も減るし事務所も黙っちゃいないだろうが！

「別に私は人が減っても困らねえよ。私は外野に媚（こ）びるためにライバーやってるんじゃねえ。いろんな人たちとたのしくゲームしたいからライバーになったんだ。……後、ばばあが働けってうるさかったし、配信やるなら企業じゃないと認めないって言うし」

最後の発言で台無しだった。

「ばばあも納得したんだしいいんだよ。事務所の方でも今マネージャーと上層部が対応し

てるからそのうち勝手になんとかするだろ。最悪ライバーなんて辞めて個人配信者になってもいいんだ。今なら食ってくぐらいの視聴者はつくだろ」

たぶん対応の前に泣きながらって言葉が抜けてるだろそれ……。

くそ！　やっぱりこの女は僕の思っていた通りの女だった！　なんだかんだと余計な心配をしたのが馬鹿みたいだ。

僕の反応を見て先ほどからずっとにやにやしている八重さんは、死に体の僕に追い打ちをかけるように追い込みをかけてくる。

「後、お前は妹ちゃんのことを心配してるみたいだが、妹ちゃんはなんとしてもこの三人で遊ぶのを続けたいって言ってたぜ？　配信が荒れたことを知った上でだ」

ええ……。

「妹ちゃんはあれでも私の妹だ。お前が思ってるほど繊細さは持ち合わせてねえよ。こんな人たちに楽しい時間を邪魔させない！　って燃えてたぐらいさ」

今、僕の中で世話焼きで素直で純情なかわいい妹像が破壊された。クソみたいな姉を反面教師にしているかと思ったら感化されているなんて……。

そ、それでも特定とかされてリアルで襲われたりとか……。

「そんな有るかもわからねえことにかまってられるか。それに、私は他のライバーみたいに前世がある訳でもないし引きこもってて事務所にでかけることもねえのに特定なんかされるかよ。発言にだけ気をつけりゃあ問題ねえ。一応ばばあには話を通してるけどな」

そこまで聞いて抗弁の種が尽きた僕はがっくりうなだれる。結局、僕が勝手にいろいろと頭を悩ませて、勝手に調子を落としただけということか……。

「いやあ、普段から仏頂面でつっけんどんなバイト君がそこまで心配してくれるなんて嬉しいねえ。ちょっとなでさせろよ」

そう言って八重さんは僕の頭をぐいっと胸元に抱えてわしわしと力強く頭をかき回してくる。

やめろやめろ！　死人に鞭を打つんじゃない！　ていうか痛い！

僕は抵抗をするが、体勢を崩され器用に固められたせいで上手く振り払えなかったので、八重さんが満足するまで頭を擦られ続けた。

「いやあ堪能した。さて、これで疑問も解消したろ。そろそろ時間だし、早く戻りな。さっきみたいな無様は晒してくれるなよ？」

言われなくても帰るわ！

やっとのことで解放された僕は憤懣やるかたない気持ちを抱え、いまだにやけている八重さんに見送られながら部屋を後にする。

「やあ、お帰り。吉野さんはどうだった？」

部屋に帰った僕は、声をかけてきた西園寺に答えずにまず冷蔵庫に向かった。冷凍室の扉を開けると案の定、きんきんに冷えた空のグラスが並んでいたのでそれを取り出す。そしてその辺に置いていた角瓶ボトルのディスペンサーをワンプッシュ。冷蔵庫の中のソーダ水を注ぐとかき混ぜることもなくぐいっと一息に呷った。

「ああ!? ボクだって空気を読んで手をつけてなかったのに！」

うるせえ！　飲もう！

抗議の声を上げる西園寺は僕が冷凍庫から取り出したグラスを押しつけると途端におとなしくなった。

「いや、どうしたのさ急に。何かあったの？」

どうしたもこうしたもあるか。むしろ何もなかったわ！

「ええ……。よく分からないけど、吉野さんは大丈夫ってこと？」

大丈夫も何も、あの人はなんも考えちゃいねえよ。飲まずにやってられるか！　お前らも一切気にしないでいいから飲め飲め！

「珍しく荒れるわねえ……。まあ大丈夫ならいいけど。夜中だけどおつまみ用にお菓子あけちゃおっかな～！」

「なんか個包装のやつが多いね。……あっ」

「だいたいどんな想像したか察しがつくけど違うから。確かに今日パチンコ打ったときの景品だけど、端玉分だけじゃなくてあえて交換してきたやつだから」

テーブルに酒やつまみを広げ始めた外野を余所に、僕は酒を片手にパソコンへ向かう。

酔っ払ったらプレイに影響が出る？　そんなこと知るか！

『さあて！　気分転換もできたし、さっそく始めるか！　ん？　なんか機嫌が良いって？いやあ、休憩中に偶然癒やし成分を補給できてなあ。今ならプロが相手でも余裕で勝てそうだ』

人を散々からかって上機嫌な八重さんを見て僕の機嫌は悪くなる一方だ。憤懣やるかたない気持ちを収めるために試合開始の待ち時間で自分のスマホを操作して喜瀬川吉野の配信を開き、荒らしのコメントを眺めることにする。

コメント欄は休日前なためか深夜にもかかわらず盛況で、八重さんの機嫌が良くなり配信の雰囲気が改善したことへの喜びと何に癒やされたのかという疑問と、程度の低い誹謗中傷で溢れかえっている。

そうだ。もっと荒らせ。ちょっとでも八重さんの機嫌を落として見せろ。

僕の心の中の応援もむなしく、喜瀬川吉野の表情は笑顔で固定されている。まったく使えない奴らめ。

試合が始まってしまったので、流石に配信は消して手元のハイボールをぐいっと飲み干すと画面を睨めつける。

僕のプレイは先ほどと比べられないぐらい雑になり、野良のチームメンバーも早々に脱落してしまった。しかしノリノリな八重さんの指揮が冴え渡ったためかかみ合わせがよかったのか、時に敵を迎え撃ち時にこちらから襲いかかりながら最終局面まで生き残り、最後の敵を八重さんが仕留めて勝利した。

『いよっしゃあ!!』

八重さんの叫びがうるさかったので思わずイヤホンを外す。しかし、部屋の中も酒に酔ったやからが騒がしかった。

「今のやばっ！　野良がサクッと死んだから隠れてやり過ごすと思ったのに、ガンガン戦いにいって勝っちゃうなんて！　吉野さんはガンガン敵を倒しちゃうしあいつは雑に突っ込んで暴れ倒すし、色々とすごかったわあ」

「あ、コメント欄の雰囲気がちょっと良くなってるね。すごい盛り上がってる。まあ荒らしの数が減った訳じゃないみたいだけど」

「まあそんなこといいじゃないか。とにかくめでたいときにやることはひとつだ」

西園寺の発言を受けて三人はかんぱーい！　と声を合わせグラスを打ち付けあう。酒を解禁してから一試合しかプレイしていないので大して時間はたっていないはずであるが、導入された業務用ボトルとディスペンサーのせいで手軽に酒を注げるためかペースが速いようだ。

普段ならあまり騒がしいのはごめんだが、今は無性にあの中に交ざって浴びるように酒を飲みたかった。

『いやあ、再開早々縁起が良いねえ。これなら妹ちゃんが起きてくる前にもうちょいポイントを盛れそうだな』

楽しげな八重さんがそう言って始めた次の試合は、しかし楽しいことにはならなかった。

マップに降り立った僕達は周囲を探索し装備の回収を始める。

幸いにして敵プレイヤーも存在せず僕は安心して落ちている装備の品定めをしていたのだが、突然背後から殴りつけられた衝撃で吹き飛ばされた。

すわ敵の奇襲かと周りを確認すればそれらしい者はおらず、よくよく見れば体力も減っていない。

困惑している間に再び殴られて下手人を確認すると、殴りかかってきていたのは身内。今回一緒に入った野良チームメイトだった。

彼は僕のなにが不満なのか、執拗(しつよう)なまでに僕のキャラクターを殴って弾(はじ)き飛ばしている。ダメージを受けることは無いため無視できなくもないが、いざ戦闘に突入するときもこれが続くのであればまともに戦えない可能性がある。

ランク戦という、このゲームにおける真剣勝負の場での利敵行為とも自滅ともいえる妨害をする意図がわからず首を傾(かし)げる僕の耳に、呆(あき)れたような八重さんの声が聞こえてきた。

『ああ〜……。もしかしてこいつ、うちの与太郎(よたろう)か？』

与太郎というのは、喜瀬川吉野のチャンネルにおける視聴者の呼称であるらしい。ＶＴｕｂｅｒには皆、固有の視聴者の呼び方があるというが与太郎(馬鹿な客)はいかがなものか。まあ僕には視聴者たちがどう呼ばれようが関係ないけれども。

与太郎と呼ばれた野良プレイヤーは八重さんに向かって首を上下に振る動作で肯定してみせると、また僕を殴り始める。

『はあ……。あのな。いくら配信を荒らそうがかまわねえが、ゲームの妨害だけはやめてくれねえか。そいつはマナー違反だぜ』

この与太郎は八重さんの試合開始に合わせて自分もマッチングに参加し、運良くチームに入り込んだのだろう。もしかしたら同じようなことを七野ちゃんが抜けてからずっと行っていたのかもしれない。こういった行為はスナイプと呼ばれるバッドマナーであり、不正の元となる行為だ。

　というか配信を荒らすのも十分マナー違反である気がするが、八重さんの中では問題ないのだろう。職業意識のかけらもない人である。

　八重さんの言葉を聞いて与太郎は動きを止める。

『男と絡むな。バイトやめろやめろやめろやめろやめろ――』

　与太郎はチャットをやめろという単語で埋め尽くした後、また僕を殴る作業を再開した。

　配信の様子を確認しようとイヤホンを片方だけ外して背後を振り向くと、三人は配信を肴(さかな)に酒を飲んでいる。北条なんかは何がおかしいのかげらげらと大笑いだ。さっきまで心配そうな雰囲気だったのに、酒が入った途端すぐこれである。

「うっひゃひゃひゃひゃひゃ！　いや〜、数千の視聴者が見てる前でよくやるわねえ。これだけ徹底して荒らしをできるならむしろ立派だわ！」

　対して東雲の表情は普段とあまり変わらず、スマホを覗(のぞ)き込もうとして羽織ったシャツが着崩れて際どいことになってる以外はいつも通りだ。

「これ、与太郎君にとって黒歴史になるんじゃないかな。コメントも流石(さすが)に批判する内容が多いし」

　まあ、コメント荒らしだけでも不愉快なのに、配信自体を妨害するような行為はどんな層にも受け入れられまい。

問題は八重さんだ。配信のコメントが荒れようがかけらも気にしない八重さんであるが、ゲームの妨害行為については話が別だ。この与太郎は八重さんに一番効果的にお気持ちを表明できている。このままだと八重さんの口からどんな口汚い罵倒が飛び出すかわからない。

「それは不味いんじゃない？　理由があるとはいえ炎上の元になりそうだけど……。なんとかできないかなあ」

なんとか？　できるとも。

「お、マジ？　なんか秘策でもあるの？」

もちろん。そんな大それたものではないが。

「そんな作戦があるなら最初からやればいいのに」

何か八重さんにも考えがあるのだろうと遠慮していたのだ。しかし八重さんの考えを確認して、あの人が何も考えちゃいないのがよく分かった。八重さんを不機嫌にできるのは今の僕なら大歓迎だが、僕のランクポイントにも差し障りが出る以上座視はできない。このめんどくさい問題をさっさと片付けてしまおう。

問題は誰を使うかであるが……。

僕はその場にいる三人をぐるりと見回して、その中のひとりに目を付けた。

……西園寺。

「んあ？」

先ほどから会話に参加することもなく黙々と酒とおつまみを口に詰め込み続けていた西園寺が、顔を上げる。何せこいつは朝からずっとアルコールを口にしていなかったのだ。西園寺にとって、体内に足りなかった成分の補充は急務である。だが、それももう十分だろう。

西園寺に策と呼ぶのも烏滸(おこ)がましい内容を説明すると、彼女はにやりと笑った。

「ははあなるほど。面白そうだね。どれ、ひとつ芸を披露するとしようか」

別に芸と言うほどのことをやらせるつもりはないのだが……。

まあとにかく今も試合は進行中で、こうやって動きを止めている間に僕たちは不利を背負っていくのだ。さっさとやってしまおう。

西園寺はパソコンに寄ってくると、僕が外していたイヤホンの片側を取り自分の耳に着けた。

「そう嫌そうな顔をするなよ。こうでもしないと配信の状況も分かりづらいだろう？」

わざわざ顔を寄せる形でイヤホンを装着した西園寺は、僕の表情を見ていやらしい笑み

を浮かべつつそんなことをのたまう。

パソコンからイヤホンジャックを外してしまえばいい話だと思ったが、イヤホンから伝わる雰囲気と２Ｄアバターの様子から察するに、八重さんは噴火寸前だ。口論の時間も惜しいので僕のすぐ横でにやにやと笑う西園寺にマイクを押しつけると、ボイスチャットのスイッチを入れた。

『おい、てめえいい加減に――』

「まったく、いい加減にして欲しいね」

八重さんの言葉を遮るように、西園寺が言葉を紡ぐ。

「せっかくランクポイントが盛れてるのに、こんなことで妨害されるのは勘弁だよ」

『お、お前……』

八重さんは一瞬戸惑った様子を見せるが、まがりなりにも配信者ということか、すぐに立て直して話を合わせてくる。

『……まったく。配信に乗っかるから声出すなって言ったろうが。一応事務所からもその辺は気をつけるように言われてるんだぜ？』

「そんなの知らないよ。そもそも吉野さんがボクが男みたいな雰囲気出してるからこんなことになったんじゃないか。吉野さんの配信が荒れようがボクには関係ないけれど、ゲームに支障がでるなら話は別だ」

『そんなことしてませーん。勝手に勘違いした与太郎共が悪いんですぅ』

「まったく子供みたいなことを……。マネージャーさんが泣いてる姿が目に浮かぶよ」

『最近オンラインミーティングで顔合わせたらマジで泣きそうな顔してるから今度写真撮って見せてやるよ』

「やめて差し上げろ……」

『けどよお。そんなこと言って、お前だって心配してくれてたじゃん？　わざわざ休憩中にオレの部屋まで様子を見に来ちゃってさ。かわいいやつめ』

「やめろやめろ！　ええい、とにかく、これでバイトは男じゃないって証明されたんだ。そこの与太郎君もアホなことしてないでさっさと真面目にゲームに取り組め」

西園寺がそこまで言ったところで、僕はボイスチャットを切った。

……というか、おい。

「うっひゃひゃひゃひゃひゃ！　マジで似てるわ！　ハルちゃん声真似(こえまね)上手すぎでしょ！」

「いやあ、解像度高かったねえ。いかにも彼の言いそうな台詞(せりふ)だったよ」

酒を片手に大爆笑の北条と楽しそうに語る東雲を見て、西園寺は満足げだ。

「いやあ、我ながらすばらしい演技だったな。これも彼への理解度のなせる業だ。今度サークルの飲み会ででも隠し芸として披露できるかもしれないね」

そんなの披露しようとするんじゃない。というか、誰がそこまでやれと言った。普通に女の声でしゃべってバイトは女ですってことにだけすればよかったんだよ。

「いいじゃないか。今後プレイするときにも都合がいいだろう？　ボクがいなくてもいつもの感じでチャットするぐらいなら違和感ないだろうし」

チャットもするつもりはない。というか、いつもの僕みたいな口調でしゃべったらボイスチェンジャー疑惑とか出そうじゃないか。

「いや、そんなことないみたいだよ。コメント欄は好意的な感じですごい盛り上がってる」

東雲が差し出してきたスマホの配信画面を見ると、『女やんけ！』とか、『ボクっ子ってま⁉　推すわ』とか、『コーン大敗北ｗｗｗ』といった荒らしを煽るようなコメントで溢れかえっている。

ボイスチェンジャーを疑うコメントもちらほらあるように見えるが、高速で流れるコメントにより一瞬で消えていき、逆に『落ち着いた感じだけどかわいい声』とか、『こんなかわいいリアクションするやつが男な訳ないだろいい加減にしろ！』というコメントの方が圧倒的に多い。……一部異論を挟みたいものもあるが、策は成功したと見ていいだろう。

『そういう訳だ。さっさとゲームに戻るぞ。与太郎もそれでいいな』

八重さんの言葉に、野良の与太郎はしばらく棒立ちになっていたが、やがて『ごめんなさい』とチャットを打ってきた。

逆上して暴れるかとも思ったが、大人しくなってくれて助かった。

『わかればいいんだよ。……ああ、一応言っておくけど、ゲーム抜けようとかするんじゃねえぞ。ただでさえ出遅れてるのにひとり抜けたらほぼ詰みだ。反省するなら死ぬ気で順位上げろ』

与太郎がうなずくように反応したのを見てチームはやっと行動を開始する。既にけっこうな時間その場にとどまっていたので今いるエリアも外域からの壁が近づいてきている。というか、他のチームの襲撃を受けなかったのがもう奇跡だ。

結局この試合はチームの奮戦むなしくランクポイントを多少下げてしまったが、切り替わった流れを考えれば儲けものである。

その後からは順調だった。コメント欄には未だに火消しのための誤魔化しと決めつけるものや、バイトが女だと言わなかった八重さんに対する批判コメントも散見されたようだが、八重さんは勝手に勘違いしたお前らが悪いの一点張りでびくともしない。

むしろ、休憩時間に僕が八重さんを訪ねた件（くだり）の詳細を嬉々（きき）として与太郎達に語り、コメントもそのエピソードで盛り上がっているようだ。それまでは試合の合間にコメント欄を覗（のぞ）いていたのだが、不愉快になる気しかしなくてやめた。

結局七野ちゃんが復帰するまでに、目標に手が届くところまでポイントを盛ることができた。

……まあ、そこからが地獄だった訳だけど。

しっかりと睡眠を取って元気いっぱいな七野ちゃんはともかく、僕と八重さんは休憩を挟んでいるとはいえ、半日以上ゲームを続けているのだ。睡眠不足の弊害が出てきていたし、ゲームとはいえども集中し続けていれば脳も溶けてくる。不安要素である七野ちゃん不在の時間をプラスで乗り切ったことで気も緩んでしまい、僕と八重さんは凡ミスを連発しまったくポイントが増えない時間が続いた。

僕の場合はさらに酒も入っている上、背後で人のことを置いて寝落ちしやがった三人の気持ちよさそうな寝息が不快度を上昇させているのでストレスが半端じゃなかった。

七野ちゃんが頑張って僕たちのカバーをしてくれていなければ開始時のポイントを下回ってしまっていたかもしれない。

それでもお昼過ぎからは一周回って眠気も収まり、少しずつポイントを増やしていくことができたのである。

『ふへっへへへ……。ようやく頂上に手がかかったぜ……。ここで勝てばきれいに昇格よお……』

『まあ、もう予定の二十四時間は過ぎてるんだけどね……。配信枠取り直すぐらいなら後日に改めればよかったのに』

『うるせえ！　せっかくここまで来れたのにお預けなんてされてたまるか！　オレは気持ちよく勝って配信終わらせて布団に倒れこむって決めてんだよぉ！』

『いや、わたしは寝てるからいいけど……。バイトさんも大丈夫ですか？　まだいけます？』

もう反応するのも億劫だったが、試合準備完了のボタンを押して了承の合図とする。何故か指が震えて何度も完了とキャンセルを繰り返してしまったが、まあ伝わっているだろう。

『へへへ、バイト君もやる気満々じゃねえか……。絶対に勝つという鉄の意志を感じるぜ』

『そうかなあ。どちらかと言うと駄目な雰囲気を感じるけど……』

『よし……。それじゃあ行くぜ！　これで仕舞いにするぞ！』

高らかに宣言して試合を開始したのであるが、その試合はしょうもない凡ミスで早々に敗退し、結局目標のランク帯昇格にはさらに数試合を必要としたのだった。

＊

「ああ、ご苦労さん。仕事はきっちりとこなしたみたいだね。いやあ、おもしろいもんを見せてもらったよ」

耐久配信を完遂させ、泥のように眠り続けた翌日の日曜日。僕は仕事の完了報告も兼ねてお隣さん——大家の婆ちゃん宅を訪問した。起きてすぐこちらに出向いたのだが、時刻は既に夕方だ。予想通り日曜日まできっちり潰れてしまった。規則正しい生活リズムを取り戻すにはさらに時間がかかるかもしれない。

明日からの講義を思って憂鬱になっている僕の顔を見ながら、縁側に腰掛けた大家の婆ちゃん——九子さんはにやついている。

既に七十を越えた総白髪の立派なお婆さんであるのに今の流行へのアンテナは僕よりも高い九子さんは、孫の配信もしっかりと確認しているらしい。……そういえば、八重さんと七野ちゃんがゲームをするのは九子さんの影響だと聞いたことがあったっけ。

とにかく、把握しているなら話は早い。依頼されたとおり、ちゃんと八重さんに付き合ったのだ。これで完了ということでいいだろう。

「それでかまわんさあね。今月の家賃減額分はこれでよしとしようじゃないか」

それは助かる。貴重な休日を丸々潰した上に余計なことをして恥をかいたので傷心中なのだ。これ以上働かせるのは勘弁してもらいたい。

「しっかし、今回は予想以上の収穫だったね。あの頑固なクズ孫がこれ以上燃えて事務所にいられなくなっていたら、問答無用で普通の会社に就職させるところだった」

九子さんは何気ない風にとんでもない事実を告げる。僕が驚いて口を開こうとするのを九子さんは手のひらを差し出して止める。

「どうせあれのことだから、事務所を辞めても個人で稼げるなんて嘯(うそぶ)いてるんだろうが、そうはいかないよ。誰かがきちんと管理してくれる環境だから許してるんであって、てめえのケツもしっかり拭けないあまちゃんを自由にさせるつもりはないね」

……八重さんの展望はしっかりと見抜かれていたようだ。危なかった。今更あの八重さんに社会人としての規範は求められないだろうから、彼女はなんとか自分の生活を守ったといっていい。

というか今のご時世、新卒を逃した社会人未経験者が就職を目指すのは大変だろう。

「そんなのは甘えってやつだよ。あれはちょっと社会の厳しさを学ぶぐらいがちょうどいいさね。……まあ、なにも会社に入って働くのだけが就職じゃない。誰か男を捕まえて結婚でもするならそれでもいいんだよ。今ちょうど目の前に、相性のよさそうな若い男もいるしねえ」

　不良債権を人に押しつけないでいただきたい。ただでさえ他人との結婚なんてイメージ湧かないのに、引きこもりの八重さんとの結婚生活なんて――。

　……いや、けっこう想像つくな。仕事も家事もしないで画面の前からほとんど動かない八重さんと、それを嫌々世話する自分の姿が見える。やっぱり結婚ってクソだわ。

「ちっ。やっぱり見てくれだけじゃどうにもならないか。……それじゃあ仕方ない。七野の方ならどうだい？　家事もしっかり仕込んでるし、八重の百億倍ぐらいマシだろう？」

　それはその通りだ。というか、あのゲーマーと比べるのが失礼である。

　……でもなあ。今回の一件で、僕の中のイメージと実際の七野ちゃんには乖離（かいり）があることがわかった。ネット越しとはいえ、荒らしや暴言に立ち向かっていける娘だとは僕の眼（め）をもってしても見抜けなんだ。

　そして、僕にとって自分の想像のつかない相手というのは何よりも恐ろしいのである。

　というわけで、現時点では結婚は無しだ。もっとこう、適切な距離で間合いを計りながら慎重に検討を重ねたい所存。

というかそれ以前に、八重さんにしろ七野ちゃんにしろ僕にしろ、本人にその気がないのにこんな話をしても仕方があるまい。僕が生まれるずっと前からこんなお見合いみたいな話は廃れただろうに。自分が若かった時代基準で語らないでいただきたい。

「ほおん？　つまり本人にその意思があれば受けるんだな？　よっしゃ見てろよ。そのうち白無垢着せたふたりを部屋まで送りつけてやるからね」

なんで嫌がらせみたいな言い方なんだよ、怖えよ九子さん……。というかふたりは法律上問題があるし、そもそも受けるとも言ってない。

「か〜！　甲斐性がない男だね！　女のひとりやふたりや三人ぐらい抱えてみせろってんだよ！」

あんたそんなこと言ってるけど、亡くなった旦那さんが余所に女作ってたらどうする気だったんだよ。

「んなもん殺すに決まっとろうが」

真顔で言うのは本当に怖いからやめて欲しい。

僕が顔を引きつらせていると、九子さんは能面のような顔を崩しにやにやと嫌らしく笑う。

「ああ、そういや対抗馬として『バイトちゃん』がいたんだっけねえ。七野に聞いた話じゃ囲いがふたりはいるらしいじゃないか。夜中に部屋に連れ込んでるぐらいなんだ。もうよろしくやってるんだろう？　お前さんの部屋は八重の部屋のついでに防音にしてあるけど、汚したりご近所迷惑にはならないようにしとくれよ？」

よろしくやってない。

確かに部屋にちょくちょく出入りしているやつらがいるが、そういう関係ではない。強いて言うなら……友達？

西園寺には酒の勢いでそんなことを言った気もしないではないが、どうだろう。ここで友達と認めてしまうと部屋に入り浸るのを認めてしまったような感じになるような……。

「なんで本人がちょっと疑問形なんだい。素直に友達でいいだろうが、普通は……。まあ、余所様へ迷惑をかけなきゃ人を出入りさせても問題ないよ。せいぜい男女の友情がどこまで成立するのか、高みの見物をするとしようかね」

九子さんの言葉に、僕は言うまでもないと頷いた。

僕自身は今のスタンスを変えるつもりはないから、見世物にもならないだろう。やつらだってうちに散々入り浸ってやりたい放題しているのに今さらどうこうということもあるまい。

さて、それではこれで失礼する。

ひらひらと手を振る九子さんに背を向けて歩き出す。今日は、というかゲームを始めてから何も食べていないので流石(さすが)に空腹だ。さっさと部屋に戻って何か腹に入れるとしよう。僕だけならなんでもいいが、今も部屋に居座っている三人の意見も聞かねばなるまい。

閑話　消えた同人誌の謎

「おい、ふたりともちょっとそこに座れ」

　僕は部屋を訪ねてきた西園寺と、昨日我が家で深酒してソファでへばっている北条に声をかけた。

「どうしたんだい？」

「ちょっと待って……。それ、今じゃなきゃ駄目なやつ……？」

　西園寺は荷物を置いて普通にミニテーブルの前に座ったが、二日酔いが酷いらしい北条は寝転んだソファから動くこともできないようで、電灯の光を避けるように腕で目隠しをしながらうめくように声を出している。

　しかたがない、北条はそのままでいいから話を聞くように。すぐに済むから。

「ふぁい……」

　一応聞く姿勢を見せるためか北条は仰向けにしていた身体をテーブルの方に向ける。身体の動きよりも遅れるようにぶるりとソファに落ちる乳から目を逸らしつつ、僕は傍らに置いていた本をミニテーブルに載せた。

今掃除してたらこれを見つけたのだが、持ち込んだやつは素直に白状しろ。

通常の書籍に比べ大きめでページ数の少ないその本の表紙はカラフルなイラストになっている。イラストの中心にはメイドのような制服を着ている美少女。背景がどこかの喫茶店のように見えるので、そこで働いている給仕なのかもしれない。

問題はその人物の制服がやたら乱されていて肌の露出が多いことと、表情が蕩(とろ)けている上背後の男性に腰を摑(つか)まれており、直接は見えていないがどう考えても入っている体勢であることだ。

……無駄に長々と説明してしまったが所謂(いわゆる)えっちな同人誌である。そもそも言葉にするのもはばかられるタイトルの横に成人向けと書いてあるのだが。

とにかく、他人様(ひとさま)の家にこんなブツを持ち込んだやつには説教の一つもせねばなるまいと容疑者を集めて問い詰めた次第である。

こういうブツを所持していそうなのはオタクな北条であるのだが、西園寺も臆面なくこういうブツを持ち込む性格をしているので可能性は否定できない。

さて、どちらだとふたりを睨(ね)めつけていると、するっと手が挙がった。

「ああ、それはボクのだね」

「それ、あたしが持ってきたやつだわ」

西園寺は悪びれもせず、北条はしんどそうな顔のまま答えてからふたりは驚いたようにして顔を見合わせた。

……おい。

思わず呆れた声を出す僕に困惑した様子のふたり。西園寺がおそるおそると言った様子で口を開く。

「いやあ……。家に届いたやつを持ってきたのは間違いないから、たぶんボクのだと思うんだけど……」

「あたしも昨日ここに来る前に店に行ってそれを受けとってきてるんだけど……。あれえ？」

お互いに所有権を主張しつつも、どこか遠慮がちなのは相手が嘘をついているとは考えていないからだろう。僕も同様の考えだ。というか、こんなすぐにバレそうな嘘を真面目につくようなやつなどそうそうおるまい。

つまり、ふたりとも同人誌を買ったのは真実ということだ。商業作品ならともかく、同人誌を揃って買う偶然もそれをうちに持ち込もうとする思考回路も理解しがたいが。

そうするとこの同人誌はどちらが持ってきたブツで、もうひとりの同人誌はどこにあるのかという謎が生まれる。

「ううん。一応確認したけど、やっぱり手元にはないね」

「……あたしのリュックの中にも無さそう」

西園寺も北条もそれを理解してか、自分の荷物の中に交ざっていないか確認しているがやはり見つからないようだ。

部屋の中は先ほど割としっかり掃除をしたのでそれなりのサイズの本を見落とすことはないだろう。一応ベッドの下等の死角になりそうな箇所を確認したがそれらしいブツは見つからなかった。

「これは困ったな。ボクは確かにこの部屋に持ち込んだと思うんだが……」

「あたしも店で予約したやつを受け取ってからここに来て、ずっと居座ってるから部屋の中には絶対あると思うのよねえ」

つまり、手元の一冊は所有者が不明であり、もう一冊は行方不明ということだ。

「なるほど、部屋の中で忽然(こつぜん)と消えた同人誌の謎か……。ミステリー小説のネタにできそうな内容じゃないか」

文芸サークルの一員である西園寺は状況を楽しむように目を輝かせている。

だが、そんなしょうもないミステリー小説なんてあってたまるか。どうせうっかり見落としたとかどっかの隙間に落ちてるとか、そもそも部屋に無いとかそういう話だろう。

「夢が無いなあ。こういう日常の何気ないことが作品のアイディアにつながるものだろう？」

確かに創作においてそういった部分があることは否定しない。僕だって他人事として聞く分には同じように思うだろう。

だが、そのなんちゃってミステリーの舞台が僕の部屋であるなら話は違う。部屋に有るとか無いとか、誰のモノかだなんて面倒な話の当事者にされるのは勘弁願いたいのだ。

「まあ、無いとは思うけど君が犯人である可能性も無きにしもあらずだからねえ。本人にそのつもりが無くとも他の物と一緒に片付けた、なんてこともありえるわけだし」

そういうことである。

「どちらにしろ、今見つかってる同人誌がどっちの物か判別しなくちゃだし、どこかにいったもう一冊の行方も捜さないといけないね。とりあえず、そもそもこの同人誌はどこで見つけたんだい？」

これは何故(なぜ)か枕の下に敷いてあったのだ。洗濯のために枕カバーを外そうとして手に取ったらこんなのが出てきてマジで驚いた。

「枕の下？　なんでそんな所に？」

会話をして気が紛れてきたのか、多少顔色のよくなった北条は不思議そうな表情を浮かべつつ呟く。西園寺も同じような表情をしているので、心当たりは無いのだろう。

正直な話、こんなよくわからない展開になってもったいぶったようになってしまっていたが、この情報を開示するだけで所有者だけは簡単に判別がつくと思っていた。まさかどちらからも声が上がらないとは……。

「こうなると、本格的な捜査が必要だね。ボクも率先して捜査したいところだけれど、被害者かつ容疑者のひとりだからフェアじゃないし、一番犯人である可能性の低い君に捜査権を進呈しよう」

容疑者である西園寺から仰々しい権利を押しつけられる。

何で僕がそんな面倒なことしなくちゃいけないんだ。

「まあ、被害を受けていない第三者は君しかいないからね。公平な立場として進行をしてくれたまえよ」

事をわざわざ大袈裟にしたがるやつめ。じゃあ、捜すのはめんどくさいからこの件は迷宮入りとしてこの一冊をふたりでシェアするように。

僕の迅速な判決に、ふたりから抗議の声が上がる。

「それじゃつまらないじゃないか。せっかくなんだからそれっぽく話を進めてもらわないと」

「あたしとしても人気作家が書いた人気原作の同人誌だし、できればちゃんと手元に置いておきたいんだけど……」

むう。

……仕方ない。まあ確かになくした物をそのままにしておくのも気持ちが悪いし、ちょっと捜すぐらいはした方がいいか。

しかし、これって人気作なんだな。確かにどっかで見たような気がするキャラクターだ。

「なに？　あんた『じょひます』知らないの？　原作ラノベは売れてるし、マンガにもアニメにもなったのに」

僕、あんまり人気だからとかで作品読まないから……。マンガはともかくアニメは自分のペースで視聴できないからあんまり見ないし。

「あんたねえ……。そうやって流行り物に乗っからないで独自路線を貫こうとするから友達ができないんじゃないの？　共通の話題ぐらい持っとかないと人とおしゃべりなんてできないでしょ？」

なんで作品ひとつ読んでないだけで心を抉られなきゃならないんだ……。最近まで友達いない勢だった西園寺もとばっちりを受けて気まずそうに明後日の方に目を逸らしている。

そ、そんなことどうでもいいんだよ。とりあえず昨日の行動を話せ。何か手がかりになるかもしれない。

「そ、それもそうだね。それじゃあボクから話そうか」

僕の軌道修正に西園寺が乗っかり口を開く。

「と言っても、たいしたことは話せないんだけどね。ボクは予約していたこの同人誌を家で受け取って、それを持ったまま大学に向かったんだ」

ええ……。エロ同人誌を持ったまま大学に出向いたのかよ、お前は……。

「家に置いておこうかとも考えたけど、たぶん何度も読み返すと思ってね。この部屋に保管しといてもらおうかと……。とにかく、普通に大学でサークルの定例会に参加して、終わったら君と一緒に直接この部屋に来た。それからの事はふたりも分かってると思うけど、一緒に飲んで騒いで、家の方で用事があるから終電前に一度帰って今日用事を済ませたから戻ってきたんだ」

この部屋に置いておこうとするのは家主として抗議したいところだが、それは後にしよう。ここに来たときに同人誌は置いていったのか？

「そうだね。部屋に来てすぐカバンから取り出してテーブルに置いておいたんだけど、酒を飲んだらつい忘れてしまったんだ。いやはや、これも酒の失敗に入るのかな」

ストロングチューハイなんてぐいぐい飲むからそんな事になるんだよ……。少しは肝臓さんのことを労ってやれ。

「ボクの肝臓は頑丈だからね。今まで異常を訴えてきたことは一度も無い、優秀なやつなのさ」

それは肝臓さんが寡黙すぎるだけで西園寺の肝臓さんが特別なわけじゃないんだよなあ……。

「飲んでるときはもうテーブルの上にそれっぽいものはなかったと思うけど……。どうだったかしら」

テーブルの上の物なら酒やつまみを広げるときにまとめて片付けた覚えがある。

「そうすると、その中に交ざっていたんじゃないかい？　それを捜せば……」

いや、さっき掃除したときに整理したけどそれらしい物は無かった。こんなサイズの本が交ざってたら本の存在を知らない僕でも気がつくはずだ。

「まあ、そう上手くはいかないわよねえ……」

「いやあ、どうしたものかね。ボクとしてもできれば諦めたくないんだけどなあ。かと言って、買い直そうにも次の入荷がいつになるかわからないし」

北条のぼやきに同意しつつ、眉を寄せて悩ましげな様子を見せる西園寺。

どうでもいいけれど、普段は小説ばかり読んでいる西園寺がマンガの同人誌なんて珍しい。推しと言うぐらいだから過去に出された物も購入しているのだろうが、そんなにお気に入りなのか。

「ボクだってマンガを読まないわけじゃないよ。マンガだけじゃなくて、アニメとかドラマみたいな映像作品が小説の創作をする上で参考になるのは間違いないからね」

まあ、それはそうである。小説以外の作品に感銘を受けて創作意欲をかき立てられるなんてことはよくある話だ。つまり、西園寺にとってその同人作家の同人誌は創作の参考になる作品だと――。

……エロ同人が小説の参考になることなんてあるのだろうか？

「大いに参考になるから推してるんじゃないか。この作家さんの作品を見つけたのは偶然だったけど、ストーリー構成だとか言い回しなんかが独特ですごく勉強になるよ」

西園寺がここまで力説するのも珍しい。まあ、作品に対する感受性なんて人それぞれである。エロ同人からでも何かを吸収できる西園寺の感性が優れているということにしておこう。

「特に今回の題材は男性読者にも女性読者にもウケている『じょひます』だからね。この作家さんが題材にしてくれるとは思わなかった。ネットでもちょっとした話題になったんだよ」

ふうん。最近のラノベとかって男性向けと女性向けで大分方向性が違う気がするけど、万人受けする作品ってのは珍しいな。ちょっと僕も興味が出てきた。

まあ、その辺は面倒事を片付けてからにしよう。西園寺の話は分かった。それじゃあ北条の昨日の行動を教えてくれ。

「ああ〜……その、ね」

僕が水を向けると、北条は困ったように口をもごもごさせ逡巡していたが、やがて申し訳なさそうに切り出した。

「ごめん、ぶっちゃけ飲み過ぎて記憶がないのよね……。飲み始めたぐらいまでの記憶はあるんだけど後はさっぱり」

ああ……。そういえば北条はそんな酒に強くないくせに、昨日は浴びるほど飲んでいたな。そういう飲み方をするときはほぼ間違いなくパチンコに負けたときなんだけれど。

そもそも安いストロングチューハイを買い込んで来たのが北条である。嫌なことを忘れるためにこれほどお手軽な手段もないだろうが、酔っ払いの世話をさせられたこちらの身にもなって欲しい。

酔ってウザ絡みしてくるのを引き剝がすのも大変だったし、トイレを吐瀉物まみれにされないように介助するのもめんどくさいことこの上なかった。挙動が不審過ぎて寝入るときも不安で仕方なかったし。

その上肝心の部分を覚えていないとは。

「とりあえず覚えてるのは、駅前のアニメショップで同人誌を受け取って、そのままパチンコを打ちに行って、ボロ負けして……。なんとか残してたなけなしのお金でスーパー行ってお酒買って、ここに来て飲み始めたところまでね。同人誌を受け取ったときの高揚感がどっかに吹き飛んじゃったわ」

敗因は本を買ったときに家に帰って読もう！　とならずにそのままパチンコを打ちに行ってしまったことだな。というか楽しみにしてた物を手に入れたときぐらい打ちに行くのを我慢しろと言いたい。

「テンション上がってるときって、今日は勝てる感がすごい出てくるのよねえ。大抵そういうときに打つと負けるんだけど」

わかってるならなおさら打つなよ……。

「それで我慢できたら店に通い詰めないっての。ちなみに、すごい嫌なことがあったときとかにヤケになってお金を捨てるぐらいの気持ちで打つと意外と勝てるわ」

「それはもうオカルトの域じゃないかな……」

今の時代、賭け事にオカルトを持ち出すのは負けフラグでしかないんだよなあ。

「はあ……。パチンコは負けるし同人誌はよくわからないことになってるし……。高校時代の友達と読んだら感想を語り合おうって約束してたんだけどなあ。お互い守備範囲が違うからこういう一緒に語れる作品って中々ないのよね」

北条のオタク趣味は何故か男性向けの作品ばかりに偏っているのだが、その友人は普通に女性向けの作品が好きなのだろう。原作ならともかくエロ同人を男女両方の視点から語れるのは作家の書き方が上手（うま）いのか、作品の懐が深いのか……。

「しっかし、思ったよりも情報が集まらなかったなあ。ミステリー小説の探偵役みたいに華麗に事件を解決するには材料が足りなすぎるね」

「あたしに昨日の記憶がちゃんとあればなんかわかるかもしれないんだけどなあ。ていうか、あたしが酔ってる間になんかやっちゃったのかも……」

「いや、別にナツのことを悪く言うつもりはないんだよ。小説みたいに証拠や情報が都合よく集まるなんてことないだろうしね」

おや、いつも酒を飲む度に物語（フイクシヨン）のお約束を語ってる西園寺らしくないじゃないか。

しょんぼりする北条を見て慌てて言い繕う西園寺を僕が揶揄（からか）うと、西園寺は口をへの字に曲げた。

「それとこれとは別の話だろう。情報が足りないんじゃ推理のしようもないじゃないか」

それは物語の名探偵みたいに百点の解答を導き出そうとするからそうなるんだ。今回みたいな状況はどちらかというと刑事物の分野だろう。

「刑事物って言うと、足で捜せってことかい？」

いや、どちらかというとしらみつぶしに捜せというところだ。

ふたりが本当に同人誌を我が家に持ち込んでいてかつここから持ち出していないと言うのなら、部屋の中のどこかに必ずもう一冊もあるはずだ。幸いノーヒントというわけではなく、飲み始める前の状況は揃っているのだから。

「いやまあ、そりゃあ部屋をひっくり返せば出てくるかもしれないけど、さっきの話で同人誌のありかを絞ることなんてできるの？」

そうだな。とりあえずふたりの話でわかるのは、西園寺は同人誌を荷物から出していることと、北条は酔っ払っているときの行動はわからないが、少なくとも飲み始める前には同人誌を取り出してないことだ。本人にそういった記憶があれば別だが。

「……そう言われると確かに記憶にないかも。けど、酔っ払ったあたしがなんかやってたらどうしようもなくない？」

どうしようもないというか、西園寺にも僕にも何かした記憶がないなら、西園寺の同人誌を動かしたのは北条で間違いあるまい。僕は昨日の記憶はしっかりしてるし、西園寺も自分の足で帰れる程度にしか飲んでないから大丈夫だろう。

「確かにね。ボクの記憶が正しければ、一緒に飲んでるとき、ナツは荷物を触ったりとかそれらしい行動はしてなかったとは思うよ。何かしているならボクが帰った後かな？」

西園寺が帰った後はトイレで吐いてるかソファでぐったりしてるだけだったと思うが、しっかり見てたわけでもない。人がシャワー浴びている間にベッドを占領していやがったので、その時点で同人誌を見つけて枕の下に突っ込んだのだろう。なんでそんな事をしたのかは理解しがたいが。

「枕の下に本を忍ばせると夢に出てくるなんて話もあるからね。それを狙ったんじゃないかな」

「確かに、いつも『じょひます』の世界で喫茶店の壁になってヒロイン達を見守りて〜って考えてるわ」

「やっぱりナツは学園側じゃなくて喫茶店側なんだね」

「そりゃあね。友達の方は学園で教室の黒板になりたいって言うけど」

学園とか喫茶店とかの設定はよく分からないが、壁になって登場人物を見守りたいというのはオタクな女性がよく口にする文句だ。

北条もそういう女性らしい願望を持っていたのか。

「そりゃあね。心の中のイマジナリーリトルボーイじゃヒロインを貫けないし。実物がある男とはちょっと作品の見方も違うって」

分かりづらい婉曲（えんきょく）表現を使うんじゃないよ。というか、その短絡的過ぎる発想はよせ。

……とにかく、想定される状況はみっつ。この同人誌は北条の物で、酔った北条が自分のリュックから取り出して枕の下に敷いた。西園寺の同人誌は何らかの理由で部屋のどこかにある。

「そういう話になると、部屋の中を一からひっくり返さないといけなくなるね」

それはめんどくさいからできればやりたくない。そしてもうひとつは、この同人誌は西園寺の物で、酔った北条が部屋でこれを見つけて枕の下に敷いたパターンだ。

「……それって、結局あたしが自分の同人誌をどっかにやっちゃったって話じゃない？」

その可能性も大いにありえる。が、このパターンだとちょっとだけ別の可能性が出てくる。

「別の可能性って？」

北条が自分のリュックの中の同人誌をさわっていない可能性だ。つまり、北条のリュックの中に北条の同人誌がまだ入っているということが現実的なレベルで想定できる。

「そういうことか。同人誌をわざわざどこか分かりづらい所に置いたなんてあやふやな想定よりも、リュックの中に入れっぱなしでしたの方がありえそうだね。そういううっかりって良くあることだし」

西園寺は得心したようにうなずくが、北条は微妙な表情だ。

「いやまあ確かにそうかもしれないけど、あたしだってさっきちゃんとリュックの中を調べたのよ？」

とりあえずもう一回念のためってことで中身を全部取り出して確認すればいい。それで見つからないなら面倒だが諦めて家捜しするしかないのだ。

「そういうことならいいけど……」

不服そうに口をとがらせつつも、北条はリュックを開き中身を取り出し始める。講義の教科書やプリントの束が入ったファイルやら女の子らしい小物入れやら、いろいろな物が出てくるがそれらしいものは見つからない。

「……はい、これで最後かな。やっぱりそれらしい物は無いわねこりゃ」

すべての物を取り出し終えた北条がリュックを放り出してつぶやく。そのとき、床に放られたリュックに僕は違和感を抱いた。

……北条、リュックの中を見てもいいか。

「ええ？　まあ別にいいけど」

怪訝そうな北条から許可をもらってリュックを手に取る。開いた口から中を覗くが当然それらしいものは見当たらない。しかし、僕が注目したのは別の部分だ。

「ううん、プリントの束の中にも交ざってなさそうだね。やっぱり家捜しかなこれは」

「しゃーないかなあ。むしろ家捜しして出てきてくれるといいんだけど……」

……いや、それは必要なくなった。

「……え？」

「ん？」

こちらを振り向いたふたりに見えるように、北条のリュックからブツを取り出してみせる。表紙が見えないように包装されているが、件の同人誌とサイズが酷似したそれの中身を取り出すと、露出多めなイラストが描かれた表紙の本が出てきた。

「うそっ！　どうして⁉」

北条は信じられないと言わんばかりに叫んだ。驚きのあまり自らが二日酔いであったかも忘れたらしい。まあ、自分でしっかり確認したつもりだったリュックから目的のブツが出てきたのだから当然だろう。

「おお、見つかったか。しかし、ナツが確認したはずなのにどうしてリュックから？」

別にもったいぶる事でもないのでさっさと種明かしをすると、これはリュックの内ポケットから出てきたのである。

「内ポケット……？」

このリュックしっかりした作りじゃないから中身が空ならへたりそうに見えるのに、北条が床に落としたときはすぐにへたらずにいたから、まだ何か入っているんじゃなかろうかと確認してみたのだ。背中側に違和感があったので内ポケットの中をよく見たらこれが出てきたのである。

北条の様子を見るに、普段は内ポケットなんて使わないのだろう。

「ええ、全然使わないから有ることさえ忘れてたけど……。そんなところに……？」

「なるほどなあ。おそらく同人誌を受け取ったときに教科書とかの出し入れで折れたりしないようにって一番背中側に突っ込んだんだね。それで普通に入れたつもりが内ポケットに入ってしまったと」

この内ポケットなら同人誌もすっぽり入るし、入り口に留め具があるわけでもない。この薄さの本なら引っかかりもなくするっと入っていくだろう。

「いやあ、とにかくこれで事件は解決だね。無事に二冊ともの所在と所有者の判別がついてよかったよ。小説みたいに明確な証拠もあっと言わせるようなトリックもなかったけれど」

それは西園寺が求めすぎなだけである。こんなやりとり挟まなくとも、ちゃんと捜せばそう時間もかからず見つけることができたのだ。

「夢がないことを言うなあ。そう言いつつもちゃんと付き合ってくれてるあたり、面白そうだと思わなくもなかったんだろう？」

そんなことはない。ただただ余計な労力が発生して面倒くさかった。

「はいはい」

「結局あたしが全部やらかしてたんだ……。ふたりとも本当にごめんね……」

僕と西園寺がそんな会話をしている横で、悪気がなかったとはいえ主犯格である北条は目に見えてへこんでいた。

西園寺が慌てて不器用なフォローを始める。

「いやいやいや、全然かまわないよ！　無事に同人誌も戻ってきたわけだし、怒ってもないし気にもしてないから！　そもそもナツがやったって話もなんちゃって推理で出た推測でしかないんだし、ボクとか彼が忘れてるだけで何かした可能性もないとは言い切れなかったんだし！」

その通りだ。そもそも北条が記憶を飛ばすほど飲んだのは西園寺のスケべ心のせいだし、無駄に話を大きくしたのも西園寺だから、半分ぐらいは西園寺のせいである。

「別に無理して飲ませたりはしてない！　……酔ったナツを支えてあげたりして、うっかりおっぱい揉めないかなとはちょっと思ってたけど」

もう八割ぐらいは西園寺のせいだな、これは。

「ぐっ……。状況的に怒るに怒れない……！」

「……ありがとう、ふたりとも。せめてハルちゃんとあたしの同人誌は交換させてよ。枕越しとはいえ頭の下に敷いて寝ちゃったし、ちょっと折れてるだろうから」

僕のことを憎々しげに睨めつけていた西園寺は、北条の申し出にさっと表情を笑顔に変える。

「そんなこと気にしなくても大丈夫だよ。元々創作の資料にするためにここに持ち込んだんだ。何度も見返したりするだろうし、きれいな物と交換しても勿体ないだけだよ。そんなことより、せっかく手に入れた同人誌なんだし、ふたりで読もうよ」

「ハルちゃん……。うん、わかった」

北条も気持ちを持ち直したところで、ふたりは並んでテーブルの前に座り、西園寺の物と断定された同人誌を読み始める。

やれやれ。これで一件落着か。しょうもないことに時間を使ってしまったな。

やはり、現実には誰もが首をかしげるような事件も、万人が驚くようなどんでん返しもありえないか。口にするのは癪だからしないけれど、やっぱりちょっと残念に思う自分もいる。

「君もせっかくだから一緒に読まないかい？　色々と参考になると思うよ」

西園寺からのお誘いにゆるゆると首を振る。

ふたりの話の端々に興味を惹かれたのは否定できないが、原作も知らずに二次創作である同人誌を読み始めるのもいかがなものかと思う。女の子と仲良くエロ同人を読むシチュエーションも意味分からないし。

「まあまあ、原作は今度貸したげるから。ちょっと作品の内容を知るためと思って見ればいいじゃない」

「そうそう。この本もそこまで原作の雰囲気を壊さないし、難しく考えることはないさ」

僕はしばらく渋っていたのだが、ふたりが強く勧めてくることもあり好奇心に負けて了承した。ふたりの後ろのソファに座って間から覗き込むような体勢で読み始める。

舞台はやはり喫茶店であるらしい。マスターから店の留守番を押しつけられた主人公と思しき優男と表紙で艶姿を晒していた女の子は一日の業務を終えて店じまいをしている。

ふたりきりの店内で、どうやら小悪魔系な性格をしているらしい女の子が主人公をからかい倒す。制服のスカートをたくしあげきわどい部分を見せつけたりしていると、主人公が女の子を押し倒した。

主人公の手が女の子の身体をまさぐり制服をはだけさせていくが、どうやら女の子の方もまんざらではないらしい。

そして主人公がスカートをめくり、事に及ぼうとして——って。

……ちょ、ちょっと待ってくれ。

「……ん？　どうしたんだい？」

「なによ。ここからがいいところなのに」

振り返るふたりを余所に、僕は混乱する頭をなんとか回転させて状況というか作品理解に努める。だが、原作を知らない僕にはこの本のシチュエーションが正しいのか正しくないのかわからなかった。

小説やマンガの物語への読解力にはそれなりに自信があった僕であるが、観念してふたりに解説をお願いすることにする。

……なあ、ちょっと教えて欲しいんだが。

「いいわよ。何を？」

——このヒロインの娘、ついてるように見えるんだが？

「そりゃそうよ。こんなかわいい娘が女の子なわけないじゃない」

いや、どういうことだよ!? さも当たり前といった風に返された僕は思わず突っ込んだ。え、これはどう解釈すればいいんだ? このヒロインは同人誌のシチュエーションとして不要なブツをつけられているということだろうか……?

「ああ、考えてみると原作を知らなかったらそうなるか。安心してほしい。この娘についてるのは原作準拠だよ」

ええ……。これ、原作通りなのかよ……?

顔を引きつらせながらうろたえる僕に、北条が解説をしてくれる。

「そっか、その辺の予備知識は必要だったかもね。この作品、『じょひます』の正式タイトルは『女装男子はヒロインに入りますか?』なのよ」

あまりにも分かりやすく内容を提示してくれるタイトルである。長いタイトルを略して呼ぶのは最近の流行りみたいなものだが、これは略さずにいてほしかった……。

「正確に言えばこのヒロインは女装男子ってわけじゃないんだけどね。主人公の通う学園の同級生の身体に宿るもうひとつの人格——要は二重人格なんだけど、その片割れで女の子の人格なのよ」

なんでそんな分かりづらい設定してるんだ……。普通に女装好きな男じゃいけないのだろうか。

「その辺は物語の本筋に関わってくる部分でね。原作のネタバレになるから詳しくは言えないけど、けっこうシリアスな設定してるんだよこれが」

「他のメインヒロイン格はちゃんとした女装男子だから安心していいわよ。この娘の他にも堅物の学級委員長とか札付きの不良とか、問題やら悩みやらを抱えたキャラクター達をこのヒロインちゃんの手で女装堕ちさせることで解決するっていうのがお決まりのパターンだから」

女装堕ちなんて単語聞いたことねえよ……。

そんな作品が本として出版されるだけでも罪深いのに、コミカライズされたりアニメ化したりする上、人気になんてなってたまるか！

「なってるんだよなあ。男性からは性癖をこじ開けられるって評判だし、女性は女性で別の楽しみ方をしてるしね」

別の楽しみ方？

「ちょうどこの同人誌もそういうところを活かした作りになってるんだ。前情報通りなら、この後の流れを見てもらえば分かると思うんだけど」

そう言ってページをめくり始める西園寺。

閉店後の喫茶店で小悪魔ヒロインをわからせた主人公。翌日学園に赴くと、クラスメイトの男子から屋上に呼び出される。

主人公よりも頭ひとつ以上背の低いその男子は、何故か尻を手で押さえながら涙目で主人公に抗議している。……どうやら主人公と交わった二重人格ヒロインのもうひとつの人格であるらしい。

主人公はなよなよしい男子生徒の様子に嗜虐心を抱いたようで、そのまま彼を押し倒し——って、まさかおい。

「ご理解いただけたようだね」

何故かどや顔の西園寺の言葉を北条が引き継ぐ。

「つまり、喫茶店では男の娘といちゃつく感じの話を展開しつつ、学園では普通の装いに戻った男同士の友情とかあれやこれやが描かれるという、一粒で二度美味しい作品なのよ。この『じょひます』は」

そういう、ことか……。確かに男性向けのジャンルでは男の娘という存在が認知されているし、女性向けの作品でも女装する男が恥ずかしがるシチュエーションをどこかで見たことがある。

だからと言ってこれは……。

「『じょひます』の同人誌はそれなりに出てるけど、男性向けと女性向けは露骨に分別されてるんだよね。それがこの作品はどうだ。女装していようがそうでなかろうがかまわず美味しくいただいてしまうことで、どちらの需要も満たしている。それに、登場人物の心理描写が上手(うま)いから話のつなぎがしっかりしてるのも素晴らしい。変化球な内容ではあるけど、非常に勉強になるだろう？」

西園寺の語りに、僕はもう何も言い返せなかった。消えた同人誌の謎なんかより、こんな作品が大衆に受け入れられている方が、余程ミステリーじゃないか……。

「世の中何が流行りになるかなんてわからないからね。こういったラノベとかを読む大人しい層とは対極であるはずのギャルがヒロインとして流行るぐらいなんだし」

「大丈夫。あんたもすぐに慣れるわ。とりあえず今日はこの同人誌を読み込んで、原作は今度持ってくるからそっちの履修は後から始めましょ。あ、ネット配信でアニメは見れるからそっちは今日でも見れるか」

楽しげなふたりに、思考がオーバーヒートしていた僕は流されるがままに『じょひます』沼へ放り込まれた。

なお、原作は西園寺の言う通り思いの外シリアスな作風で普通に面白かった。

二章　文系大学生の怠惰な夏休み

僕が目を覚ますと、陽は既にしっかりと昇っていた。

汗で濡れたシャツの不快感と室内の暑さにうんざりしながらも、僕は寝た姿勢のままベッドのヘッドボードへ手を伸ばしてクーラーのリモコンを探し当てるとスイッチを入れた。しばらくして冷たい風を吐き出し始めたクーラーに安堵しつつ、上半身を起こすとヘッドボードに置かれた眼鏡をかけて部屋を見回す。

部屋の中は、お酒の空き缶やらお菓子や乾き物の空き袋やら服やら何やらで惨憺たる有様だ。昨日僕が寝付く前と何ら変わっていない。

朝起きたら何か奇跡が起きて部屋がきれいになってないかなと願っていたのだが、現実はそう甘くなかったらしい。

この惨状を引き起こした面々はどうしているか確認すると、まず北条はソファの上で座ったままの姿勢で寝息を立てている。身体が傾きかけていて首が不自然にねじれてしまっているのだが寝苦しくないのだろうか。

ヘッドホンをつけたままなこととテレビがつけっぱなしになっていることから、アニメを視聴したまま寝落ちしてしまったらしい。

テレビの前のミニテーブルには西園寺(さいおんじ)が突っ伏している。酒が入ったグラスを握りしめたままぴくりとも動かないので、恐ろしいことに飲んだまま寝落ちしたらしい。大学一年目からこのザマだと将来が心配になってくる。

どちらにしろ、部屋の中のゴミは西園寺を中心に広がっているので後でこいつはお説教確定だ。

後は東雲(しののめ)であるが、部屋の中に姿が見えない。既に起き出してベランダでたばこでも吸っているのかなと思いつつ起き出そうとすると、剝(は)ごうとした掛け布団に引っかかりを覚える。

何事かと布団を見下ろすと僕の隣にこんもりと山ができていた。掛け布団に覆われていて全体像は把握できないがちょこっと頭がはみ出ている。状況からしてもこれが東雲で間違いあるまい。

……どうやら寝ぼけすぎて隣に誰かが寝ていることに気がつかなかったらしい。まったく、我ながらうっかりしている。

東雲は僕が起きた気配を感じてか、もぞもぞと身体を動かしている。この様子であれば直に目覚めるだろう。

西園寺が隣に寝ていたときのように人がベッドから降りようと上を跨いでいるときに目覚められても面倒なので、勝手に起き出してくれるならありがたい。

東雲が起きるのを待ちながら、さてまずはカフェオレでも飲んでから部屋の片付けをしようかと部屋を見回していると、僕はあるものを見つけてしまった。

ベッドの近くの床に誰かの服とか下着が転がっている。一部脱ぎたがりなやつがいるので不本意ながら見慣れた光景であるし、実際あれは東雲が昨日着ていた衣服に違いない。

まったく。もうこの際服を脱ぐなとは言わないので、せめて服ぐらいきれいに片付けておいてほしい。あれを回収して洗濯させられる僕の身にもなって——。

そこまで考えて、僕はふと気がついた。

あそこに東雲の服や下着が落ちているなら、今東雲は何を着ているのだろうか。

東雲は体格的に僕と近いので泊まった日の翌日はよく僕の服を借りていくのだが、僕に許可を得ずに着ていくほど身勝手ではない。そういうのは他のふたりの領分だ。

そして僕には昨日東雲に服を貸し出した記憶はない。

つまりこいつは今、もしかして何も服を着ていない……？

「んん……」

はっと気がついたときには東雲が目を覚まそうとしていた。朝があまり強くない東雲は緩慢な動きながらも、上半身を起こそうとしている。そうすると当然、掛け布団がずり落ちて東雲の柔肌が露（あら）わになっていき――。

僕はとっさに東雲の両肩を押してベッドに押し戻した。起床を邪魔され押さえつけられた東雲は状況を理解できなかったのかもしくは単に寝ぼけているのか、目をぱちくりと瞬いている。

危ない危ない。

危うく本格的に東雲のあれこれがご開帳されるところだった。

今のところはなんとかぎりぎりの一線は守っているつもりなので、これ以上の露出は、それも事故っぽい感じなのは勘弁願いたい。

「ねえ……」

東雲に声をかけられた僕が、理由（わけ）を説明しようと口を開いたとき。

「ああ～！　朝っぱらからシノちゃんが押し倒されてる！」

振り返ると、いつの間にか北条が起き出してきて僕たちの方を指さしていた。

冷静になってみると、ベッドに東雲を押さえつけている状況は確かにそう見えなくもないかもしれない。

しかし待って欲しい。

普通に考えて朝っぱらから人前でことに及ぶやつがどこにいると言うのだ。この状況はむしろ東雲を助けようとしたから発生したことであって、やましい気持ちなんてかけらも——。

「ああ、そういえばボクが初めてこの部屋に泊まったときもこうやって起き抜けに押し倒されたな。やはり夜よりも朝の方が調子の出るタイプだったか……」

おい！

努めて理路整然と説明をしようとしていた僕の言葉を遮って、これまたいつの間にか目覚めていた西園寺がそんなことをのたまったので思わず僕は声を上げる。いや、確かに似たようなシチュエーションはあったけれど、あれも偶然の産物だろうが！

「なるほどねえ。やっぱりふかふかのベッドで寝ようと思ったら相応の対価が必要ってことかしら」

「そうだね。一晩のために純潔を対価にするのは中々に厳しいけれど、それだけの覚悟がないとあのベッドには潜り込めないのさ……」

しょうもない悪ノリを始める北条と西園寺。

こうなると僕にはどうすることもできない。抗弁すればいっそうからかわれるだけだ。となれば、こいつらが飽きるのを黙って待つしかないのである。

組み敷かれたまま状況がまだ理解できないらしい東雲は、ため息を吐いている僕のことを不思議そうに見つめながら首を傾げていた。

＊

「いやあ、朝から面白い物を見せてもらったよ。最近は生活パターンが決まりきっていてマンネリ気味だったから。やはり人生には山も谷も必要だね」

食後のカフェオレを飲みながら笑う西園寺。鏡を見ずとも、自分の顔が渋面になっているのが分かる。

先ほどの一件のこともあるが、生活パターンが定着するほどこいつらがこの部屋に居着いていることに危機感を覚えたのである。

そろそろ終わりの見えてきてしまった夏休みであるが、ひとりでゆっくりとできた日はあまりにも少ない。正確には数えていないが、夏休みの半分以上は誰かしらが部屋に居座っていただろう。

せっかく初めてのひとり暮らしでゆっくりと羽を伸ばしてだらだら過ごせると思っていたのに、まったくの想定外だ。

……まあ、だらだら過ごしたことには過ごしていたかもしれないが。

閑話休題。

そもそも朝の一件は勝手に僕のベッドに入り込んで寝ていた東雲が悪いのだ。うっかりポロリをしてしまう展開を避けただけなのに僕の方が酷い目に遭うのは理不尽な話である。

ちなみに、ポロリしかけた当の本人はスタジオで撮影があるとかで朝から出かけていった。北条の方は新台入れ替えだかなんだかがあるとかで、朝からパチンコを打ちに行っている。

「ちゃんと本人は感謝していただろう？　まあ、あれが本気なのか、気にしてなかったけれど空気を読んだ結果なのかはわからないけれど」

東雲の考えは時々、いやけっこう読めないところがあるからなあ……。人の家で脱ぎ散らかしている時点で羞恥心があるかも怪しいところだ。そういう意味では西園寺も似たようなものではあるが。

北条のやつは……なんというか、ただひたすらに無防備なだけである。

「それは失敬だな。ふたりと違ってボクは恥じらいの心が備わっているし、防御力も高い方だと自負しているんだけれどね」

恥じらいがあって防御力が高いやつはほとんど初対面の男の部屋に押しかけて酒盛りを

おっぱじめないし、自分の処女を賭けに使わないんだよなあ。

「あれは勝算があればこその発言だからね。言っただろう？　人の視線には敏感だって。あ、今さらだけれど別に人の視線に快感を得ているわけじゃないよ」

そこまでは聞いてないし、西園寺が東雲みたいな露出趣味だろうが興味は無い。

「シノの露出はボクが言ったものとはまた別物な気がするけれど……。しかし酷いな。ボクが露出に目覚めて公共の場で色々とさらけ出した挙げ句行きずりの男の慰み者になっても良いって言うのかい？」

やけに具体的な想像だな……。というか、自分から言いだした話に嚙みついてくるなと言いたい。

「それとこれとは話が別だよ。今まであれだけ熱い夜を過ごしてきたっていうのに、まったく友達甲斐のないやつめ」

意味深な言い方をしているが、熱いのはどう考えても酒精のほてりである。

「むう……」

西園寺は僕の反応がお気に召さないのか、不満げな表情でこちらを睨みつけてくる。今の会話でどこか問題になるような部分があったかとつい思い返してしまうが、特にそのような点は思い当たらなかった。

……まあ、いいか。文芸サークルの部員や知人相手に同じ状況になったら何かヘマをしたかと思い悩むところであるが、相手は西園寺だ。多少の失言ぐらいでどうにかなるやつじゃないだろう。

僕にとっては不承不承ながらも、友達であるのだし。

「まあいい。その辺りのことは今度酒の席でじっくりと話すとしよう。それより、暇なんだったらちょっと買い物に出ないかい？　今日は推しレーベルの発売日だから書店に行くつもりなんだが」

そんなことを考えていると、僕の予想通り西園寺は気持ちを切り替えるように提案をしてきた。

バイトがなければ暇しかない僕なので時間は空いている。その辺をぶらぶらするだけだったら遠慮するところだが、本屋に行くのなら同行してもかまわないだろう。

僕の場合、気になる本を見つけても電子書籍でしか買わないのだけれども。

「決まりだね。それじゃあ君の気が変わらないうちに出ようか」

＊

書店に到着した頃には、僕は汗でぐしょぐしょになっていた。

西園寺が何故か最寄り駅の近くにある書店ではなく隣の駅にある書店に行きたいと主張し、夏の陽射しの中を隣の駅まで歩くハメになったためである。

西園寺曰く「向こうの書店の方が品揃えが良いからね。ボクの推しレーベルもそっちに行かないと置いてないんだよ」とのことだが、どうせなら品揃えが良い店のが良いかと安易に従ったのが間違いであった。

店内に入ると冷房が効いていて、僕はなんとかひと息つくことができた。やはり文明の利器というものはすばらしい。

「さすがに外は暑かったね。お店の中はまさに天国だ」

同道している西園寺がそんなことをのたまうが、ひとりだけ麦わら帽子を被ってちょっと涼しげにしていたのを見ている僕はつい恨めしい気持ちで西園寺を睨みつけてしまう。まあ、西園寺は僕の意図に気がつかずに首を傾げてみせるだけだったが。

僕はため息を吐くと、気を取り直して店内を物色すべく歩を進める。特に目当ての本は無いので適当に見て回るだけなのだけれど。

ラノベかミステリー小説あたりで面白い本でもあれば電子書籍で買おうとお店に失礼なことを考えつつ本棚を眺めていると、隣に立った人物に話しかけられた。

「ミステリー小説だとボクは『ハサミ男』が好きだな。犯人は比較的早い段階で当たりを付けられたんだけれど、ハサミ男の正体に驚かされた覚えがあるよ。君はミステリーなら何が一番好きなんだい？」

僕？　僕は『すべてがＦになる』が……って。

そこまで言いかけて隣を見ると、そこにいたのは案の定西園寺である。

新刊を買いたいとか言っていたのに、何故に新刊コーナーではなくこっちの方に来ているのか。

「そんな顔をするなよ。せっかくふたりで書店に来たんだからふたりで見て回ればいいじゃないか。別行動じゃ味気ないだろう？」

つい嫌そうな顔でもしてしまったらしく、西園寺は苦笑しながらそんなことを言う。

僕としては、同行者に気を使いたくないので買い物はひとりでゆっくりしたいのだが……。本のような個人の趣味に違いがあるようなものは特に。

「まあまあいいじゃないか。君は無理して合わせようとしなくていいから。ボクは勝手に付いていくよ。ボクの目当ての売り場にだけ付き合ってくれればいい」

ううん……まあ、いいか。

別に人に見られて困るようないかがわしい本をチェックするわけでもないし。

そんなわけで、僕は西園寺を付き従えて店内をふらふらと徘徊することになった。

書店の中だからか付いてくる西園寺も言葉少なくかつ控えめな声量で話しかけてくるだけだったので、僕が思っていたよりは西園寺の存在を気にせずにいられたのは幸いだった。

作家についてとかジャンルについてとかそんなことをぽつりぽつりと話しながら店内を巡っていると、ある棚の前で西園寺に袖を引かれた。

西園寺のお目当ての棚に到着したということなのだろうが、ここは新刊が置いてあるような表側ではなく店の奥の方にあるスペースだ。

視線で問うと西園寺は軽く頷き、目の前の棚を指差した。

「ボクのお目当てはここだよ」

指し示す先には、少し露出成分多めの女性が表紙になった本の数々。所謂官能小説というやつである。

……うん、まあ正直なところ普通の新刊ならたいていの書店で扱っているから普通じゃないんだろうなとは思っていたけれども。

「こういう本はなかなか店に置いていなくてね。比較的近場で置いてくれている書店を見つけられて助かったよ」

うちの近場で探さないで自分の家の近くで買えば良いだろうに……。

「家だと大っぴらにこういう本を棚差ししておくわけにはいかないからね。その点君の家なら大っぴらに置いておけるし、本棚はガラガラだからスペースは使いたい放題だろう？」

あのスペースは今後教科書を置くための場所だっての！

「まあその辺は教科書が増えてきたときに考えれば良いじゃないか。……ああ、ボクのお目当てはこれだね」

そんなことを言いながら西園寺は一冊の本を手に取る。本のタイトルは『淫獄大合戦』となっているが、何がどう大合戦なのかは肉感的な女性が描かれただけのイラストからは推し量れない。

とにかく西園寺の目的は達したようなので、この場から急いで離れることにする。

うちの本棚をエロ本まみれにされないよう購入を阻止するべきかとも考えたが、官能小説の棚の前で長々としゃべっている絵面の方が嫌だったのである。

しかし、袖を摑んでいた西園寺の手がその場を離れようとする僕の腕を摑み直して離脱を阻止した。

「まあまあまあ。まだボクの用事は終わってないんだ」

既に目的の本も手に入ったというのに、いったい他にどんな用向きがあるというのか。

「いやね。文芸サークルの合宿を経て我々の友情も深まってきたことだし、ここいらでひとつお互いの性癖について知っておいた方が良いかと思ってね。ちなみにボクはちょっと無理矢理な感じのやつが好きだ」

意味不明提案をしつつ唐突な性癖カミングアウトをする西園寺。

……悩める友人を助けて友好度を上げた結果がこの仕打ちというのは酷すぎやしないだろうか。

僕は無言のままに西園寺の様子を窺うが、こいつはにこやかな笑みを浮かべるばかりで冗談なのか本気なのかは判別できない。西園寺のことだから僕を揶揄い倒すためにこのようなことを仕掛けている可能性もあるし、コミュ障こじらせていたり同世代の男子の中に交じって過ごしてきたり、女体への興味津々な少年の心を持っていたりするが故に本当にこれが友好を深める手段と思っていてもおかしくはない。

どちらにしろ、仮にも女の子な西園寺に己の性癖を開陳するなど嫌すぎる。

僕はどうにかこの状況を回避しようと必死に頭を働かせるが、逃げるのは西園寺に拘束されて難しく、適当なことを言って誤魔化すには僕の性癖があらぬ方向に勘違いされる可能性があるので厳しい。

「なあに、君がどんな癖を持っていようとボクは受け入れるよ。それにボクだって告白したんだからさ」

何とか隙を突いて逃げられないかなと考えている僕の思考を見越してか、西園寺は僕の腕を自分の方に引き寄せつつ耳元でささやくようにして迫ってくる。

うなじに西園寺の吐息が当たって僕は思わずびくりと身震いしてしまう。そんな僕の様子を見て西園寺は意地悪く笑った。

「おや、性癖ではなくて性感帯を見つけてしまったかな？　これは今後の参考になりそうだね」

別にそんなことはない。今のは西園寺が昨日がばがばと飲み干していた酒の量を思い出して慄いていただけだ。

いつもの西園寺らしいからかうような発言に僕はちょっとむっとして、反撃を試みた。迂遠に酒臭かったととれなくもない言葉だが、実際は特にそんなことはなく僕の適当なでまかせである。ちょっと怯んで離れてくれればいいな程度のつもりで放った言葉だったが、何故か西園寺の反応は劇的だった。

「なっ⁉　う、嘘だろう？　別に昨日はいつもより酒量を増やしていたわけでは……。そ、そんなにわかるぐらいボクの息は臭くなってるのか……？」

先ほどまでの余裕などどこかに吹き飛んだ様子で焦っている西園寺。普段からがばがばと酒を飲んで絡んでくるくせに、急にそんな反応をされても困るのだが……。

「酒の席と素面なときとは別だろうが！　いくらボクが酒飲みだからって、臭い息をまき散らす女になりたいわけじゃないんだぞ！　……ん？　まさか今までもボクのことをいつも酒臭いやつだと思っていたのか⁉　ちょっとどうなんだいそこのところ！」

勝手に勘違いして僕のことを揺さぶり始める西園寺。

揺さぶられて気分は悪くなるわ西園寺が騒ぐので周囲の客から何事かと注目されるわでその場にいることに耐えられなくなった僕は、慌てて西園寺を引っ張ってレジに向かい、西園寺が手に持ついんなんちゃらとかいう本を購入すると足早に退店した。

＊

「ただいま……って、何だかすごい疲れているみたいだけれど、どうしたの？」

午後になって部屋に戻ってきた東雲は、ソファでぐったりしている僕の方を見て目を丸くした。

僕は口を開くのも億劫だったので説明を投げようと西園寺に視線を向けたが、西園寺は何やら考え込んでいるらしくこちらを見向きもしない。仕方なしに書店での一件と、帰り道で延々と口臭について西園寺に詰められたことを説明すると、東雲は納得したように頷いた。

「ああ、そういうこと。どういう流れにしろ、女の子相手に臭いの話をするのはどうかと思うよ」

　東雲の言葉は確かにその通りだとは思うし帰り道でも西園寺に謝って別に酒臭くはないと伝えたのだが、帰ってからずっとこんな感じなのだ。

「それならいいけれど……」

　西園寺に視線を送る東雲につられて僕もそちらを見る。

　西園寺は未だに深く考え込んでいて僕たちの会話を聞いてもいないようだった。何を考えているかは不明だが、これも僕の言葉が影響しているのだろうか？

「ううん。正直なところ、春香はそういうのを気にするよりもお酒が飲めれば良いってタイプだと思っていたけれど、やっぱり女の子として思うところはあるのかもね。それとも何か心境の変化でもあったのかな」

　心境の変化か……。まあ、ちょっとどころではなくやりたい放題な西園寺が色々と弁えてくれるなら僕としては願ったり叶ったりだ。これを機にもうちょっと慎みを持ってくれるのであれば幸いである。

「まあ、もう済んだ話だししばらくは様子見でいいんじゃないかな。春香なら何かあれば自分から言うだろうし。さあて、それじゃあ私はちょっと外を走ってこようかな」

そう言ってさくっと話を締めくくりながら、東雲は自分のかばんを漁って着替えを取り出し始める。モデルという職業柄、体型維持のために定期的に運動をしているのは知っているが、わざわざ夏のクソ暑い中でランニングに出ることはないだろうに。

「お昼ぐらいだったらちょっと考えるけれど、そろそろ夕方だし思ったよりは涼しいよ。それに夜は詩織たちと約束もあるし、その前に走っておかないと」

そういえば才藤さんと西園寺が文芸サークルの合宿で仲良くなったので、東雲や他の友人たちを交えて女子会をするとか言っていたっけ。そこで今日は予定があるから走るのを止めようとならないあたりしっかりしている。

そうすると今日の夜は僕ひとりか。それならば夜は酒の肴の残り物にするか、いっそどこかに食べに行くか……。

当然のようにその場で着替え始める東雲を眺めつつ今日の夕飯に思いを馳せていると、短パンとスパッツに長袖シャツという出で立ちに変わった東雲が声を掛けてくる。

「そうだ。せっかくだから君も一緒に走る？　最近はずっと引きこもってるから運動不足でしょ？」

確かにその通りなのだが、午前中のうちに外を歩いてきたばかりだ。引きこもりにしては今日は動いた方なのでわざわざ走りに行く必要はないのである。

「それなら逆に丁度良いと思うよ。急に走り始めるよりは足を動かした後の方が怪我もしないだろうし」

歩いた直後ならともかく、何時間も経った後なら関係ないような気もするのだがどうだろう。

……まあ、良いか。

ここで東雲の誘いを断ってもどうせ本を読んだりゲームをしたりするぐらいしかしないのだ。長い夏休みの一日ぐらい普段やらないことをしてみるのも良いだろう。

そういうわけで僕は誘いを承諾し、動きやすい服装に着替えると東雲と連れだって外に出る。アパートの前で軽く準備運動をしてから僕たちは走り始めた。

尚、西園寺は難しい顔をしてスマホで調べ物をしていたので声だけ掛けて部屋に置いてきた。

運動するために走るなんて高校の体育以来なので、ゆっくりとジョギングのようなペースで走り始める。

東雲も僕のペースに合わせてくれているので何だか申し訳ない気もするのだが、いつも近所の川沿いを走っているということなので、とりあえずそこまでは僕のペースに付き合ってもらおう。

川沿いまでは家から徒歩で二十分少々。通行人の邪魔にならないよう人通りの少ない道を選んで走るので多少遠回りではあるが、十数分も走れば川沿いに到着できた。

できはしたのだが……。

「……あまり運動が得意なタイプには見えなかったけれど、ここまで体力がないとは思わなかったよ」

すっかり息が上がってしまった僕は、苦笑する東雲の言葉に反応することもできず酸素を求めて喘ぐことしかできない。途中で調子に乗ってペースを上げたのがよろしくなかった。高校の頃はもうちょっと頑張れていたような気がしていたのだが、やはり気のせいだったらしい。もしくは受験期間から今までの間にほとんど運動をしてこなかったのが祟ったか。

近くに公園があったのでそこまで歩いてクールダウンをすると、僕はベンチに座り込んだ。東雲が自販機でスポーツドリンクを買ってきてくれたのでありがたく受け取ると、僕はそれを貪るように飲み始める。

「あんまり一気に飲むと危ないよ」

僕に注意をしつつ自らもスポーツドリンクを飲んでいる東雲であるが、僕と同じ距離、ペースで走っていたのに平然としている。

汗をあまり掻かない体質とは聞いているが、それでも息ひとつ乱していないあたり僕と東雲には隔絶した運動能力差があるらしい。

しかし、我ながらここまで体力が無いのは問題だなあ……。

「今後頑張って運動を続ければ大丈夫だよ。別にプロのスポーツ選手になるわけでもないんだし。本気で頑張って目指せるとしたら東京マラソン完走ぐらいかな？」

僕はそんなもの目指していないのでほどほどに運動していくことにする。

……そういうわけで、既にほどほどに運動できたのでちょっと休憩させてほしい。

「仕方がないなあ。まあ無理をする必要もないし、ちょっと休んでてよ。私は身体を動かしてるから」

そう言うと東雲はペットボトルを置いて公園の中央に歩いて行った。

ランニングに向かうものとばかり思っていた僕は、不思議に思いつつも東雲の行方を視線で追っていく。

東雲は公園の中央に立つと、身体を伸ばしたり手足をぶらぶらと振ってみたりしている。そして何回かジャンプをした後、足を前後に開き両の腕を持ち上げた。

しかしこの姿勢、いや構えは……。

「シッ‼」

東雲は構えた状態から軽く握り込まれた左の拳を目の前に突き出す。すぐさま引いた左手を続けざまにもう一度、そして左を戻しながら身体を捻り深く構えた右を一閃。そのまま右に左にと東雲が拳を振るい続けるのを僕は呆然と眺める。

開いたままだった東雲の足が前後左右にステップを踏み始めた。無駄なく打ち込まれるジャブ、外側から円を描くフック、相手の拳を掻い潜るように身を低くしてのブロー。

機敏に位置を変えながら打ちこまれる拳は、速く鋭い。

水分補給も忘れてしばし踊るような動作を見続けていた僕は、東雲が構えを解いたことで我に返った。

「ふう……」

東雲はひと息吐いてからゆっくりとこちらに戻ってくる。さすがの東雲もあれだけの動きをしたら消耗するようで、珍しく汗を掻いていた。

傍らのスポーツドリンクを渡してやると、東雲は礼を言って立ったままそれを飲み始める。

しかし驚いた。温厚な東雲にボクシングの心得があるとは。

僕の言葉に東雲は肩を竦める。

「あんなのは大したものじゃないよ。通ってたジムでちょっと教わっただけ」

ちょっと教わっただけであれほど打ち込みができるとは思わないのだが……。

「まあ小学校の頃から通ってたからね。本格的なやつじゃなくてボクササイズコースだったし高校を卒業したあたりで止めちゃったけれど。習い事で水泳とか体操の教室に行くような感じだよ」

それにしたって習い事でボクササイズを選ぶなんて普通は考えないだろうに。

「死んだ弟がテレビの試合中継に影響されて」

うん、だろうとは思った。

今止めてしまっているのもおそらく弟がいなくなったからだろう。わざわざ厄ネタを掘り下げてまで確認したくはないので黙っているけれども。

東雲はそんな考察をする僕を余所に、僕の隣に腰を下ろした。

……が、思い直したように身体ひとつ分僕から離れるように座り直す。

僕はそれを見て内心不思議に思った。

別にそれぐらいのことでどうとも思わないが、東雲がそのような行動を取るのは意外に思える。僕の前で惜しげも無く肌を晒すようなやつが、今さら僕との距離感を気にするだろうか？

そんな僕の様子に気がついたらしく、東雲は気まずそうな顔をして謝ってくる。

僕は別にかまわないと首を振りつつ理由を問うかどうか考えていたが、向こうの方から説明をしてくれた。

「その……。けっこう汗掻いちゃったから、汗臭いと恥ずかしいかなって」

はあ……。

僕はそれを聞いてどうリアクションすれば良いかわからず、曖昧に頷いた。

正直なところ今までの東雲の行状を鑑みれば汗臭い程度のことを気にするような質じゃないと思っていたのだが。

あの西園寺でさえ口臭を気にして取り乱すぐらいなので、やはり女の子的には臭いは気になるということか。

「こう見えても気にするところは気にしているんだよ、私たちも」

そうだろうか。

僕からすれば遠慮無くやりたい放題しているようにしか思えないのだけれど。

「まあ、普通に比べたらやりたい放題していると言えなくもないかもね」

やっぱりしてるんじゃねえか。

しかし、汗の臭いと言われても僕にはいまいちピンとこない。自分が臭いに鈍感だと思ったことはないが、他人に対して汗臭いと思ったことはないのである。

まあ、他人の汗の臭いなんて嗅いだこともないしわからなくて当然なのかもしれないが。足が臭いとかならわかるんだけれどなあ。父親のくつ下の臭いを思い浮かべれば一発だし。

別に東雲をフォローするつもりだったわけではないが、僕がそんなことを口にすると東雲は顔をいつもの落ち着いた表情に戻して頷いた。

「確かにちょっと汗を掻くぐらいじゃわかりにくいかもね。一般的には酸っぱい臭いって言われているけれど……うん」

今度は何か思いついたと言わんばかりの顔をして空けたスペースを詰めてくる東雲。

「それならちょっと嗅いでみる？　私も自分がどれぐらい臭くなるのか気になるし」

はあ？

予想外の提案に僕が困惑していると、東雲は返答を待たずに僕の襟首を摑み自分の首筋に僕の顔を近付けた。

急に身体を引っ張られたことにも白くてしっとりと汗ばんだ首筋が至近に迫ったことにも驚いて一瞬息を止めた僕は、その反動で呼吸が乱れてしまう。気持ち多めに吸い込まれた空気と共に東雲の匂いを吸い込んだ僕であるが——ううん？

僕は襟首を摑まれたまますんすんと東雲の首筋の匂いを嗅ぐ。

「あの……さすがにそんなに嗅がれるのはちょっと」

ああ、すまん。

東雲の僕を摑む力が緩んだのを幸いに、僕は体勢を立て直す。

恥ずかしいというのは本心だったようで、東雲の頰はちょっとだけ赤らんでいる。がっつり匂いを嗅いでしまった僕が言うのもなんだけれど、そういうリアクションをされるとこちらもやりづらいのでやめてほしい。

「で、どうだったかな？」

気を取り直したのか、気持ち真剣な表情に顔を変えて問うてくる東雲。しかし。

正直、よくわからなかった。

「わからない？」

僕が素直に告白すると、東雲は首を傾げた。

いやもう、あそこまでしておいて本当に申し訳ないのだけれど、全然臭さも酸っぱさも感じなかったのだ。

どちらかというと桃みたいな甘い感じの匂いがしていたのだが、これは本人には伏せておく。

「そっかあ。とりあえずは喜んでおけば良いのかな……？」

僕の説明を受けた東雲は、とりあえず納得しておくことにしたのか呟くようにして言った。

あまりこの話題を引っ張ってほしくない僕は、東雲に時間を確認する。既に陽が沈みかけていることに気がついた東雲は、スマホの画面を確認しながら立ち上がった。

「うわ、もうこんな時間だ。ちょっと長居しすぎたね。もう体力は回復した？」

東雲の問いに頷いてから僕はぬるくなったスポーツドリンクを飲み干して立ち上がる。

こっちに来てからまったく動いていないが、ここから家に帰るまで走るだけでも僕にとってはけっこうな運動量になるだろう。

ちょっと妙なイベントは発生したが、たまの運動としては悪くなかったのではないだろうか。

身体の方も良い感じに温まってきているし、もうひと働きできそうだ。家に帰って西園寺と東雲が遊びに出かけたら部屋の片付けでもするとしよう。

＊

家に帰り着いた僕は片付けを始めることもなく、ソファの上でへばっていた。

帰りの道中は行きと同じペースで走っていたのだが、僕の体力の消耗が激しく家に帰り着いたときには玄関で倒れ込むぐらいに疲労していたのである。

東雲も僕のことを気にして速度を落とそうとはしてくれていたのだが、あまり遅くなると才藤さんたちに迷惑をかけることになりかねないので無理をして走ったのだ。

……今考えてみると、東雲に先に行ってもらって僕だけ歩いて帰れば良かった。

東雲に続いてシャワーを浴びて汗を流してリビングに戻ったとき西園寺が東雲にこそこそと話しかけているような様子だったが、そんなことは気にならないぐらいに疲れ果てていたので会話の内容はまったく耳に入らなかった。

その後夕方過ぎにふたりが連れ立って出かけて行きさらに一時間程度経ってから、僕はようやく体力が回復して動けるようになってきた。

そして激しい運動をしてカロリーが消費されたことにより、僕の腹は空腹を訴えている。

今なら普段はあまり食べる方ではない僕でもがっつりとしたものが食べられるのではないだろうか。であれば今日はどこかに外食に繰り出すとしよう。

僕がどこの店に行こうかとうきうきでスマホで検索し始めたとき、ラインの通知が入った。差出人は北条である。

『我！　大勝利！　あぁ^～脳汁がどばどば出るんじゃぁ^～』

パチンコの爆死報告かと思いグループトークの画面を開いたのだが、今日は珍しく大勝したらしい。

謎の怪文書と共にパチンコ台の出玉結果画面や謎の小物商と取引したと思しき数枚の諭吉の画像が送られて来ている。

豪勢な画像に見えるが、北条が手放してきた諭吉の枚数や手にした諭吉がいつまで手元にあるかを考えるとたいした感想は浮かんでこなかった。

であるので西園寺や東雲が祝いの言葉を送る中、僕は適当にそれっぽいスタンプを送りつけることで返信を済ませる。

そのままお店探しを再開しようとすると、今度はスマホが震えだしたので僕は驚いてスマホを取り落としてしまった。慌ててスマホを拾って画面を確認すると、どうやら着信が入ったらしい。

びっくりした……。

僕のスマホに電話がかかってくることはほとんどないので、着信が入るとスマホが震えるなんてことはすっかり忘れていた。今この場に誰かがいたら盛大に笑われていたに違いない。

僕は部屋に誰もいない事実に安堵しつつ、電話に出る。

「夏希ちゃん大勝利〜！　いえ〜い見てる〜？」

見てない。

いや、ラインの報告なら確認したけれども。

久しぶりの大勝利にテンション爆上がり中らしい北条の適当な発言に僕はつい突っ込みを入れてしまう。

しかし何故にわざわざ電話を入れてきたのだろうか。それも西園寺や東雲ではなくあえて僕のところに。

「そりゃあハルちゃんもシノちゃんも遊びに出かけてるんだもの。今連絡を取るならあんたしかいないいじゃない」

ごもっともである。だが、今までラインの方でやりとりしていたのだからそちらで連絡してくれれば良いだろうに。

「そうなんだけどさあ。ふたりが余所でご飯食べてるのにグループトークであんただけにご飯奢るって話するのも変じゃない？　そんでサシでそういう相談するなら電話の方が手っ取り早いし」

ああ、そういうことか。しかしそういうことなら今日じゃなくても、三人とも空いてるタイミングを選べば良い気がするのだが。

「もちろんまた今度ふたりがいるときにも奢るわよ。けど、今日は今日で勝利の余韻に浸りながら豪遊したい気分なの！」

ふうん。

まあ僕としては大勝利のおこぼれに与ることができるならなんだって良い。タダ飯はだいたいのことに優先するのである。

「よろしい。それじゃどこ行く？　一応リクエストを聞いたげるわよ」

北条が気持ち尊大な物言いで問うてくるが、出資者様がでかい顔をするのは当然のことなので気にしない。

僕はがっつり食べるつもりだったことを北条に伝えた。具体的なお店についてはまだ何も考えていなかったこともあるし、そこは出資者様に委ねることにしよう。

「あらあんたががっつりなんて珍しいじゃない。そうねえ……あ、それなら良いお店があるわ！」

北条は僕のリクエストを聞いてすぐに答えを出したらしい。僕はこういうときにあれこれと悩む質なので、迷わずに即答できる性格がちょっとうらやましい。

「すぐに出れるのよね？　今あたしが駅前にいるから……それじゃ区役所の前で合流しましょ！」

僕は北条の言葉に了承してから電話を切った。

区役所前集合ということは、駅前の繁華街にあるお店ではなく県道の方にあるお店だろうか。あっちの方はまだあまり開拓していないのでどんな店があるかわからないんだよな……。

まあ、行ってみればわかるか。北条は日がな一日パチンコを打っていることも多く、この辺りで外食する頻度も僕たちの中では一番多い。そんな北条おすすめのお店であれば僕が選ぶよりも良いに違いない。

僕は手早く身支度を済ませると、北条と合流すべく部屋を後にした。

＊

「あ、来た来た！　お～いこっちこっち」

区役所の近くに辿り着くと、先に到着していたらしい北条がぶんぶんと僕に手を振ってきた。

そんなに自己主張をしなくとも、北条の目立つ容姿ならすぐに確認できるものを。我を忘れてハイになるぐらい勝利の余韻に酔いしれているということなのだろう。

あまり人通りの多い道ではないのだが、駅から歩いてきた帰宅者らしき人々の視線を一身に集めているので中々に気まずいのだが……。

そんな周囲の視線など一切気にとめないタイプの北条は、腕とか胸とかを揺らしながらこちらに近づいてくる。

「よしよし、ちゃんと合流したわね。苦しゅうないわ」

まだ通話のときのノリを引きずっているのか北条は殿様っぽい感じでそんなことをのたまうが、大学生にもなって待ち合わせもちゃんとできないように見られているのであれば心外である。

「冗談よ冗談。いくらあんたが捻くれててもその辺はちゃんとしてるって思ってるわよ。……ただ、あんた出不精だからこの辺の地理は把握してないんじゃないかとは思ってるけど」

もちろん駅を挟んで大学の反対側にあたるこの辺の地理などろくに把握していない。

今回は待ち合わせ先が転入手続に来たことのある区役所だから場所を知っていただけで、他の建物を目印に指定されていたらスマホ無しではまっすぐ待ち合わせ場所へ向かうことはできなかっただろう。

「そんなこと自信満々に言われても困るんだけど……。まあ良いわ。さっさとお店に向かいましょ。けっこう並ぶ店だから早くしないと食べるのが遅くなっちゃう」

ほう。行列ができるようなお店なのか。

それは期待しても良さそうだ。

「任せなさいって！　最初はちょっと取っつきづらいかもしれないけれど、あんたもきっと気に入るわよ」

……取っつきづらい？

「まあまあ！　大丈夫だから！　行けばわかるから！」

ポロリとこぼれてきた不穏な台詞(せりふ)に一抹の不安を覚えつつも、僕の後ろに回って背中を押してくる北条により移動を開始する。

僕が予想した通りお店は駅の方ではなく県道方面にあるらしく、背後の北条によりそちらの方向へ進路を取らされた。

「というか、こっからだとそこの横断歩道渡ったらすぐのところにあるんだけどね～」

北条の言葉通り、区役所から表に出てすぐの歩道を渡り県道沿いに進むとすぐに行列が見えてきた。

いや本当に近いな……。これだけの行列なら区役所に来たときに近くをぐるりと回っていたら嫌でも目についただろう。

行列の近くに寄ってみると人の列はビル一階のテナント入り口から続いている。店の看板を確認するが、小難しい常用ではないっぽい漢字で店名が書いてあるだけで何を出す店なのかはわからない。表の窓にもカーテンが掛かっているし。

しかしまあ、こういう飲食店で行列ができるのはラーメン屋と相場が決まっている。

「まあ正解なんだけどさ。ラーメンじゃなくても行列はできるじゃない。おしゃれな洋食屋とか雑誌に載るような有名店とかさ」

確かにその通りだが、そういうお店だったらこんな客層の行列にはならないだろう。

僕は列に並んでいる人々をぐるりと見回す。

ひとりで並んでいる社会人らしき人が複数いるかと思えば秀泉大生と思しき僕たちと同世代のグループもいて年代は様々だ。しかし、それらの人々はほとんどすべて男性である。女性は唯一カップルの片割れらしき若い女性が並んでいるばかりだ。

この時点でがっつり食べさせる気満々なお店なのはおおよそ察しがつくというものだ。

「なるほどねえ、確かにそうだわ。あんた変なところで知恵が回るわよね。この前の同人誌のときとか」

失礼なやつである。僕はただ客観的に物事を見ることが得意というだけだ。

「要するに、どこまでも他人事だから色眼鏡無しで物事を見られるってこと？」

結局失礼なままじゃねえか。だいたい合ってるけれども。

そんな会話をしつつも、僕たちは列に並ぶべく最後尾を目指して歩を進める。

おおよそどれぐらいの時間で店に入れそうか知りたくて列の先頭から最後尾まで目で人数を数えながら向かっていたのだが、大体の人は僕たちに、正確に言えば僕の横を歩く北条に視線を向けていた。

なにしろ容貌が整っていることに加えてこの体型である。道行く人が振り返るほどの美人、という表現があるが、北条は別格だろう。

今までも道行く人々が北条へ向ける視線というものを見てきたが、二度見どころか三度見する人やすれ違うその瞬間まで胸に視線が釘付け（くぎづ）けな人もいて中々に面白いのだ、これが。

まあ同伴者である僕も値踏みするような視線に晒されるのは困りものなのだけれど。

隣を歩いているだけの僕でさえ針の筵（むしろ）に感じるのに、北条本人は気にとめた様子もない。

ただ慣れきってしまっただけなのか、はたまた他人の視線に鈍感なのか。

まあそんな話は北条に振れないし、どちらだって僕には関係のない話だ。

北条が如何（いか）にして本日の勝利を手にしたか熱く語るのを適当に聞きつつ順番を待つ。

「――てなわけで、あまりにも法律違反な釘にめげずに打ち続けた結果、無事に大連チャンをして勝利したってわけ。いやあ、やっぱり最後は釘と回転数じゃなくて腕ってことね！」

演出云々はよくわからないのでなんとも言えないが、パチンコって良く回るか回らないかが肝心なんじゃなかっただろうか。

「ま、まあ回るにこしたことはないけど、どんな店に行っても大体勝てる釘の台なんてほぼ存在しないから……。昔は全台釘を甘くしたり好設定なんてことをする店もあったっていうけど本当かしら？」

流石にそこまでやる店なんてなかったと思うのだが……。しかし、今でも年に数回ぐらいなら勝ちやすい日があるんじゃないだろうか。確か、イベントの日があってその日はお店も赤字覚悟で臨んでいると聞いたような気がする。

僕の言葉に北条はなんとも言えない顔をした。

「ああ～……。まあ、そういう日がないではないんだけどね。イベントとかを公に開催するのは規制されちゃったからできないけど、実質特定の日がイベント扱いになってるの。お店の周年記念の日は熱いとか特定の数字が入った日は強いとか。ただ、最近はそういう日も普通に負けるって話だからな～」

結局そういうことらしい。

「あ、けど今度あたしのうちの方でやる周年の日はマジで熱いらしいのよね！　それまでに軍資金準備して打ちに行かなきゃ……」

　軍資金を準備する前に今日の勝ち分が残るかどうかを心配しなければならないと思うが、あえては言うまい。

　そこで、北条が思いついたと言うような顔をして話を振ってきた。

「そうだ！　せっかくだからあんたもそのイベントに参加してみない？　普通に店に行ったら負ける可能性が高いかもしれないけど、イベントの日だったら釘も甘いし勝ちやすいと思うわよ！　今度バイトの給料も出るんでしょ？」

　北条の言うイベント日は確かにバイトの給料日後だった。

　ううん、以前パチンコに誘われたときはバイトもしていなかったこともあり、懐事情を理由に断っていたのでお金が入ってくるようになると断りづらい。

　……まあ、良いか。

　給料が入るようにもなり北条曰く熱いというイベントの日であれば普通の日に打つよりも勝てる公算が高いだろうし、ちょっと付き合う分には良いかもしれない。

　熱くなってくると際限なくお金を突っ込んでしまいそうな恐怖はあるが、お財布の中に軍資金のお札と交通費や食費の小銭だけ入れていれば想定以上の負けはないだろう。

「ホント⁉　やったあ！　そしたらその日は早起きして朝から並ばないとね！　誰かと打

ちに行くなんて初めてだなあ」

僕が了承すると、北条はちょっと大袈裟（おおげさ）だと思うぐらいに喜びを露（あら）わにした。高額の金銭が絡むだけにおいそれと人を誘えない趣味だけに、誰かと一緒に打てるのが嬉（うれ）しいのだろう。

そうしてご機嫌な北条と共にさらに待つことしばし。

店内の客の入れ替わりが二回ほどあった後に僕たちの順番が回ってきた。

「そこの券売機で食券買ってから入るシステムね。お金入れるから好きなのを頼んでちょうだい」

そう言って店の入り口に置かれた券売機にお札を入れる北条。

元々ある程度予想はできていたが、券売機のメニューを見て予想が確信に変わった僕は、ミニラーメンにするか小ラーメンにするかでしばし迷った後、小ラーメンを選択する。

「チャーシューとか追加しても良いのよ？」という北条の好意は謝絶し、代わりに隣の自動販売機で黒烏龍茶（ウーロンちゃ）を買ってもらった。

北条はと言うと僕と同じ小ラーメンを選び黒烏龍茶を買っていたが、加えてチャーシューとうずら卵五個のトッピングも購入している。僕はうずらとはいえ卵五個とかいうとんでもないトッピングに恐れ慄（おのの）きつつ入店した。

店内はカウンター席のみであったが、幸いなことに北条と隣り合って座ることができた。

「トッピングはどうされますか？」

カウンターの中を動き回っている店員さんがこちらに寄って来て僕たちから食券を受け取ると、そう問いかけて来た。

予想よりも丁寧な店員さんの対応に安堵しつつ、僕は野菜を少なめでお願いする。

「あたしは全マシで！」

北条の宣言に店員さんは何故か一瞬僕のことを見てきたが、その後は何事もなかったかのように注文を復唱して離れていった。

何か釈然としないものを感じつつも、気持ち声を抑えてアニメ等の版権パチンコの是非について語る北条の言葉をラジオ代わりにおとなしくラーメンが来るのを待つ。

「はい、小ラーメン野菜少なめ！」

目の前に差し出されたラーメンは野菜少なめと伝えたにもかかわらず結構な量が載っている上、背脂やにんにくが振り掛けられている。その隙間から見える麺はうどんかと思うぐらいに太い。

予想した通りではあるが、紛うことなき二郎系ラーメンであった。

……確かにがっつりした気分とは言ったが、予想を三段飛ばしぐらいで超えたものが出てきたなあ。

というかこの麺、いくらなんでも太すぎじゃなかろうか。

二郎系のラーメンを実際に食べるのは初めてだが、ネットで見る写真はもうちょっと細かったと思うのだが……。

「そりゃあそうよ。ここのお店は超極太の麺が人気の秘密なんだから。あ、あたしのも来た来た」

北条の前に置かれたどんぶりには、横目に見てもこんもりと山になった野菜が入っていて、背脂とにんにくはこれでもかと言わんばかりに掛かっている。同じ小ラーメンなのにトッピング差でえらい違いだ。

少なめで頼んでおいてよかった……。どんなに腹を空かせていたとしても、僕ではこれを完食することは不可能だろう。

「それじゃ、いっただきま～す！」

北条は割り箸を手に取って二つに割ると、山の攻略に取り掛かり始めた。

僕の方はまず麺に手をつけることにする。

どんぶりに箸を突っ込み極太麺を引っ張り出すと、麺をすすって程よいところで嚙み切る……って、硬っ⁉

麺を箸で掴んだ感触からしてしっかりしているなとは思っていたが、まさかここまで噛みごたえがあるとは思わなかった。

これはしばらく置いておいてスープを吸わせた方がまだ食べやすいかもしれない。

僕は一旦麺を諦めて上に載っかった野菜やチャーシューに手をつけることにした。

……そこからが地獄の始まりだったのだけれども。

＊

「いや〜流石にお腹いっぱいね。油、小麦、にんにく背脂、そしてチャーシュー！　余は満足じゃ！　ってね〜」

店を出て僕の部屋への帰り道。

機嫌良さげにお腹をさすりながら悠々と隣を歩いている北条。

北条がけっこう食べる方なのは普段一緒に食事をしていて知っていたが、あんなものをぺろりと完食できるぐらいに食いしん坊だったとは。

これだけ食い気があったら普通なら体重増加待ったなしなところだが、北条のウエストがふとましくなっている様子はない。

やはりあの胸部装甲の維持にカロリーが使われているのだろうか。

それに対して、僕は歩くのがやっとな体たらくだ。

どうやら僕は作戦を間違えてしまったようで、それなりに量がある野菜と思いの外デカいチャーシューの攻略に手間取っている間に極太麺がスープを吸って質量マシマシの大惨事となってしまった。

なんとか完食することはできたが、二度とこの店には入りたくない。

「大丈夫よ。皆初めはそうやって言うんだけれど、そのうち小麦と油を求めてリピートするんだから」

そんなのもう危ない何かじゃん……。というか、その皆ってのはどこのだれなんだよ。

「スマホの向こうのお友達」

あまりにも信憑性のないソースである。せめて現実の友人から証言をとってほしい。

僕の言葉に北条は口を尖らせた。

「だあって、こんながっつりこってりなお店に付き合ってくれるのなんてあんたぐらいしかいないもん。ハルちゃんとかシノちゃんを連れてくるのも流石に悪いし」

確かに西園寺や東雲をこの店に連れてくるのは酷というものだろう。

ふたりとも酒とか汗の臭いとかに結構気を遣っているようだったし、にんにくたっぷりなラーメンを好んで食べるとは思えない。

「あれま、そうなの？　シノちゃんはともかくハルちゃんは意外ねえ。いつもあんなにお酒とおつまみを胃に流し込んでるのに」

西園寺は北条にもそんな風に思われていたらしい。

西園寺は自分が酒臭いという疑惑だけで面白いぐらいに焦ってたからなあ。やつの中にも恥じらいというものが残っていたということだろう。

「確かにハルちゃんがお酒臭くなってても驚かないけど、あんた何言ったのよ。……あ」

呆れた顔をしていた北条が何かに気がついたように口元に手を当てた。

……ああ、そういえば北条も今しがた大量のにんにくを摂取したばかりだったか。

本日の経験から、北条も恥を感じて何かしらのリアクションを取ると思っていたのだが、北条の行動は僕の予想を超えていた。

北条は何を思ったのか、僕に顔を近付けるとはあ、と息を吐きかけてきたのである。

「へっへ〜。どう？　にんにく臭かった？」

自らの口臭を人に吹きかけておきながら、何故か誇らしげな表情で問いかけてくる北条。

……どうやら北条には羞恥心というものが足りていないらしい。

僕は呆れながらも北条にちゃんとにんにく臭かったことを教えてやった。

よしよし、と満足げに頷く北条。

体型だけは極端なまでに女の子らしいのに、やっていることはどこまでも男の子なやつだ。

この様子では、他人からの視線についても特に気にしちゃいないのだろう。考えてみると、東雲の露出癖は不特定多数に見られないことが前提な辺りまだ恥の心があると言える。

……いや、人数の問題じゃないな。他人の、それも異性の家で平気で脱げる辺りやはり東雲にも恥じらいはない。

＊

部屋に帰ってくると、北条はテレビをつけてアニメのストリーム配信を視聴し始めた。今日大勝利を収めたことで、打ったパチンコ台の原作を見直したくなったらしい。

僕もなんとなしに一緒にそのアニメを見て過ごしていたのだが、しばらくすると西園寺と東雲が帰ってきた。

「ただいま」

「お帰り～。女子会はどうだった？」

「楽しかったよ。色々と実りある話もできたし。夏希もこっちに来ればよかったのに」

「いやあ、新台を打ちに行きたい欲求を抑えられなくて。今度行くときに誘ってよ」

東雲と北条の会話を横目に僕はアニメの方に意識を向けていたのだが、横から肩を叩かれて振り向くとそこには西園寺が立っていた。

僕が振り向いても特に何を言うでもない西園寺。そんな様子を不思議に思いどうかしたのかと問うと、西園寺は僕に顔を寄せてきた。

はあ、と吹きかけられる吐息。

何だか先ほども見たような光景ににんにく臭さを錯覚したが、香ってきたのはすっとするようなミント臭であった。

「ふっふっふ。どうだい？　酒臭さを微塵（みじん）も感じなかっただろう？」

イメージ（にんにく）と現実（ミント）のギャップに驚く僕に西園寺がどうだと言わんばかりの表情をする。厳密には酒臭くないことに驚いたわけではないのだが、説明が面倒くさいので黙っておく。

「君に酒臭いことを指摘されて、色々調べたり恥を忍んでシノや才藤さんたちに相談したりしてね。酒の臭いにはリンゴが良いと聞いて飲み物をシードルにしてみたり、口臭タブレットを服用してみたりして酒臭さ対策を徹底した結果がこれさ。これでもう酒臭い女とは呼ばせないぞ」

「私も前から友達にたばこ臭いって言われてたから、臭い対策の話で盛り上がってね。私の方も消臭スプレーを買わされたよ」

苦笑しながらの東雲の言葉を聞きながら、僕は書店から帰ってからの西園寺の奇行の理由を悟った。

どうやら西園寺は僕が思っていた以上に酒臭さについて深刻に捉えていたようだ。まさか才藤さんたちに打ち明けてまで改善に取り組んでこようとは。

別に酒臭くはないと伝えていたにもかかわらず、何を急にこんなに気にし始めたのだろう。というか、酒の臭いにリンゴが良いというのは初耳だが、シードルってリンゴの酒じゃねえか。なんでリンゴジュースとかにしなかったんだ。

「酒を飲みながら臭いを打ち消してくれるなんて一石二鳥じゃないか」

その鳥たち、お互いを打ち消し合って対消滅していると思うのだが……。

まあ、別に良いか。

西園寺が酒臭かろうとそうでなかろうと僕の部屋に入り浸っている現実は変わらないし僕は気にしないが、部屋の環境が多少なりとも改善するのなら歓迎すべきだろう。

今日は怠惰な僕にしては珍しく外を歩いたり走ったりして疲れたし何やら臭い絡みのあれこれが多かったが、最終的には実りある一日になりそうだった。

「そうだ！　今度夏希ちゃん大勝利記念パーティーを開催したいんだけど、皆何食べたい？」

「お、良いねえ。こういうときに豪勢さを演出するなら肉とか寿司と言いたいところだけれど、店に行くのはさすがに高いし申し訳ないな」

「それなら食材だけ買って部屋でやれば費用を抑えられるんじゃないかな。そうすると肉の方がやりやすいかな？」

「あ、それならあたし羊肉とか食べてみたい！　お店とかで時々それ用の鍋とか置いてあるじゃない？　あれを買ってきてさ！」

僕がひとりで感慨に浸っている間に、何やら不穏な気配が漂い始める。羊肉なんて軽く言っているが、部屋でジンギスカンパーティーなど開催されたら部屋中に臭いが充満してしばらく臭いが取れなくなるだろう。

酒臭いだの汗臭いだのとは規模が違う事態に、僕は慌てて介入した。

すったもんだの問答の末、なんとか普通の焼き肉パーティーで済ませることに決着したが、けっきょく部屋がけむりだらけになるのは変わらないと気がついたのは実際に焼き肉パーティーが開催されてからのことだった。

しばらく部屋の中は焼き肉の臭いに悩まされることになりそうである。

閑話　妹ちゃんは思春期

「よう。ちょっと邪魔するぜ」

お昼を過ぎた頃、突然八重（やえ）さんが僕の部屋を訪ねてきた。僕が八重さんの部屋を訪ねることはあっても、引きこもりの八重さんが僕の部屋を訪ねてくるのは初めてのことである。

僕は驚きつつも八重さんを中に迎え入れた。

部屋の中で例のごとくたむろしていたクズ三人の視線を平然と浴びつつ、八重さんは彼女たちを順繰りに見回す。

「おやおやまあ、綺麗（きれい）どころを侍（はべ）らせていいご身分じゃねえかバイト君よお」

にやにやと嫌らしい笑みを浮かべて八重さんが語りかけてくるがとんでもないことだ。いい身分どころか、パーソナルスペースを侵食されて迷惑しているのである。今日だって夏休みにもかかわらず何故（なぜ）か居座るこいつらのせいで僕はちっともゆっくりできていないのだ。

「文句を言いつつ追い出しもしないあたり語るに落ちてると思うがね、私は」

ちょっと痛いところを突かれて僕が黙っていると、目を輝かせた北条（ほうじょう）が八重さんに声をかける。

「うそっ、その声はもしかしてVTuberの喜瀬川吉野さんですか？　うわあ、よく配信見てます！　あ、あたし北条夏希です！」

「お、嬉しいねえ。そいつはどーもありがとな。あ、一応何があるかわかんねえし、リアルでは中身の名前で呼んでくれよ夏希ちゃん」

「は、はい！　うわ、なんて呼べばいいんだろ？」

普段はフランクなくせに妙にミーハーなところのある北条が地味にテンパったので横から東雲がフォローを入れる。

「私は東雲です。それなら八重さんでいいですか？　牛嶋さんだと七野ちゃんと被るでしょうし」

「それでかまわねえよ。……んで、残ったそっちの子が『バイトちゃん』ってことでいいのかい？」

「ええ、西園寺です。先日はどうも」

何故か不敵な笑みを浮かべる八重さんの視線を受けてにこり、というかニヤリと笑う西園寺。

「いやあ、あれは不意を打たれたぜ。まさかバイト君があういう手を使えるとは思わなかったからなあ。まあ、バイト君が大学入学前から遊んでた私から見てもあのものまねは中々上手かったよ」

「そうおっしゃっていただけるのは光栄ですね。ボクも彼とは何度も飲み明かしている間柄ですから。彼のことに関してはちょっとした自信がありますので」

ふふふふ、と笑みを浮かべて語り合うふたり。何気にひとみしりしいな西園寺も年上の八重さんとは上手くやっていけそうな様子だ。

しかし八重さんがわざわざ部屋を出てくるなんて珍しい。というか、ゲーム外で顔を合わせることが滅多にないのだけれど。

僕がそれについて問うと、西園寺と笑顔で見合っていた八重さんが思い出したように頷く。

「ああ、そうだった。お前にちょっと急ぎで聞きたいことがあってな」

八重さんの言葉に僕は首を傾げる。ちょっとしたことなら、電話なりラインなりで連絡してくれればすぐに返事はできると思うのだが、そんなに大事な話なのだろうか。

「まあある意味大事ではあるな……」

そう言うと、八重さんは僕に手でミニテーブルの前に座るように示し、自分はその目の前でさっさとあぐらをかく。

……一応この部屋の主は僕なはずなのだけれど。それで反発するようなことでもないので、おとなしくテーブルの前に座る。

「それじゃあバイト君。昨日あったことを全部話しな」

テーブルで手を組み、そこにあごをのせてじっと僕を見ながら八重さんは言葉を放った。

昨日——要は土曜日であるが、全部というのは……？

「それぐらい察しろよ。昨日お前がやってたばばあからの依頼についてだ」

いやまあそれは理解できるのだが、なんでそれを話す必要があるのかがよくわからない。

それを言葉にしようとして、八重さんの目がすっと細まったことを見てとった僕は素直にすべてを話すことにした。

＊

昨日僕は、九子(ひさこ)さんからの依頼で牛嶋邸の掃除を手伝っていた。先日の二十四時間耐久FPSで家賃減額分は稼いでいるため今月は依頼を受ける必要がないのだが、諭吉先生が支給されるということなので受け入れた次第である。

牛嶋邸は九子さんと七野ちゃんのふたりで住むには広すぎるぐらいの家であるため、

日々の清掃では行き届かない部分がそれなりに出てくる。なので定期的に気合いの入った掃除をしているらしい。

今回僕が投入されたのは七野ちゃんの代理だ。八重さんが部屋の様子を見に来た七野ちゃんに珍しく説教されるぐらいに部屋を汚していたらしく、彼女はそちらの掃除に回っていた。（このくだりで八重さんは露骨に明後日の方を向いて誤魔化していた）

移動距離を考慮すれば僕が八重さんの部屋の掃除に入った方が楽な気もするが、七野ちゃんからとても男性にはお見せできないと断られてしまったのである。今更八重さんがどんな酷い暮らしぶりを晒そうが僕は気にしないし、本人も問題にしないと思うのだけれど。

まあそんな訳で僕は朝から牛嶋邸に赴き、清掃活動に励んでいたのだ。

「なんだい、もうへばったのか。若いくせにだらしがないね」

掃除の途中から明らかに予定していなかったであろう重量物の荷運びをやらされ居間でぶっ倒れている僕を、九子さんは手に持った掃除機で容赦なくドついてくる。

そうは言うがひとりで冷蔵庫やら箪笥やらをずらしたり、納戸の荷物を出し入れさせられたこちらの身にもなってほしい。

なすすべもなく部屋の隅に転がされながらも抗議する僕に、九子さんは鼻を鳴らしながらも掃除機を引いた。

「まったく仕方ないね。居間の掃除機がけは後でこっちでやっとくから、しばらくそこで休憩して帰りな」

そう言って部屋を出て行く九子さんを見送った僕は居間の隅で力なく横たわりながらなんとなしに周囲を見回す。

牛嶋邸は昔ながらの和風建築で、居間も畳を敷いた和室になっている。中央にはでかいちゃぶ台が鎮座していて、ふたりで使うにはやや大きすぎるようにも見える。おそらく、旦那さんがご存命で、八重さんも同居していたときから使っているものなのだろう。

その旦那さんの仏壇もこの居間に置かれているのだが、壁際のでかいテレビの隣に置かれているせいで隅に追いやられてる感がある。まあ流石(さすが)に僕の考えすぎだろう、うん。

そうやって部屋の観察をしているうちに、ちゃぶ台の下に本が落ちていることに気がついた。何故そんなところに落ちているのかはわからないが、角度的にこうやって寝転がっていなければ気がつくことはなかっただろう。

そのまま放置すれば九子さんが掃除機をかけるときにぶつけて本を傷つけてしまうかもしれない。そう思った僕は本に向かってずるずると這(は)いずって行き、ちゃぶ台の下から本を救出したのである。

助け出した本には書店のロゴが入った紙のカバーがついている。サイズは文庫本よりも一回り大きい、いわゆる四六判サイズというやつだ。書籍を購入する際、電子書籍を選択するようになって久しい僕は講義で使う教科書ではない一般書籍に若干の懐かしさを覚える。

なんとなしにページを開くと、どうやらマンガ本であるらしい。他人の物を勝手に読むうしろめたさと、居間に置いてあるものだからという言い訳が脳内でせめぎ合うが、うしろめたさなど一瞬で場外に押し出された。

こんな場所に落ちているような本なら、ちょっと読ませてもらってもバチは当たらないだろう。

そういうわけでぺらぺらとページをめくっていくと、作風を見るに女性向けの恋愛マンガのようだ。九子さんの趣味とは思いたくないので、おそらく七野ちゃんの物に違いない。

僕も男の子であるからして、読む本の傾向は男性向けに偏るのであるが、東雲や西園寺が女性向けの本を時々部屋に持ち込むので読まないわけではない。北条は何故かほとんど男性向けの作品しか持ってこないが。

女性向けの本は男性向けとは違った視点で書かれるので新鮮な気持ちで読めるし、男でも面白く読める物がけっこうあるのだ。

このマンガはレーベルにしろ作風にしろ、完全女性向けのようであるが目を引くような設定もあって興味深い。時間つぶしにはちょうどよかった。

その辺にあった座布団を枕にしてごろ寝をしながら惰性でマンガを読み進めていく。あまり他人様の家でやることではないが、いつもお世話になったりお世話したりしている家なのでまあ問題あるまい。九子さんもこんなことで目くじらを立てるようなお人ではないし、遠慮する方が怒るようなタイプだからな、あの人は。

そうやってしばらくマンガを読んでいると、玄関の引き戸が開く音と共によく通る元気な声が響く。

「ただいま～！」

声の主が立てる足音がどんどん近づいてきて、寝転ぶ僕に影が差すと同時に音がやむ。マンガから顔を離して見上げると、声の主である七野ちゃんが僕を見下ろすように立っていた。僕の頭の上で立っているので、七野ちゃんがスカートだったら中身が見えているようなポジションだ。まあ掃除に向かっていた彼女は当然のようにパンツルックだったのだけれど。

「バイトさん、お疲れ様です！」

今日も元気いっぱいな七野ちゃんは溌剌とした声で挨拶してくる。こっちは掃除という名の肉体労働でへばっているのに、同じ労働をしてきたはずの七野ちゃんは疲れた様子も見せない。やはり七野ちゃんは僕が思っている以上に体育会系な質であるらしい。

お疲れ様、と汚部屋の片付けで大変だったであろう七野ちゃんを労る。

「ええ、ちょっと今回は酷すぎましたね……。まったく、ちょっと目を離しただけでどうやってあれだけ汚くできるのかなお姉ちゃんは」

そう言ってぷりぷりと怒って見せる七野ちゃんであるが、なんだかんだと汚部屋製造機である姉を見捨てずに片付けるのだからできた妹である。七野ちゃんに見捨てられてしまったら八重さんは一ヶ月も生存できないだろう。九子さんは当然のように見捨てているし。

「こちらももう終わりですか？」

部屋の中をぐるりと見回しながら七野ちゃんが聞いてくるので肯定する。

後は九子さんが掃除機をかけて回るだけだし、ほとんど終わったようなものだろう。しかし今回は九子さんにいいように使われて大変だった。

「あはは……。うちも女ばかりですからね。お婆ちゃんもせっかくだから使い倒してやるって朝から張り切ってましたし」

どうやら今日の重労働は既定事項であったらしい。それを聞いていたら無理矢理でも八重さんの汚部屋掃除に回ったのだが。

「いやあ、それは……。妹としてとても恥ずかしくて見せられませんよ、あんな部屋」

七野ちゃんは自分のことでもないのに恥ずかしそうに顔を赤らめている。七野ちゃんにここまで言わせるとはどんな惨状だったのだろうか。逆に気になってきたが、既に片付いてしまった今となっては真相は闇の中だ。

「ところで、バイトさんはこんなところで何をしていたんですか？」

見ての通り休憩中である。そういえばその辺にあったマンガを勝手に読んでいる最中だったので、持ち主と思しき七野ちゃんに改めて許可を取ることにする。

僕が手元のマンガを示して勝手に読んだことを形ばかりにわびる。

「はあ、別にかまいませんが。何の本です――えっ」

七野ちゃんもそんなことにそう目くじらを立てるタイプではあるまいと軽く考えていたのだが、そのマンガをひと目見た瞬間七野ちゃんの笑顔がすっと引っ込み、見たことないくらいの真顔になる。

あまりにも表情の変化が劇的であったので、僕も内心焦ってしまう。

……しまった、もしかして他人の手垢が付くのが嫌なぐらい大切なマンガであるとか、楽しみにしていた新刊で誰よりも早く読みたいとか、そういう感じのマンガだったのだろうか。

「……バイトさん。そのマンガ、読んじゃったんですか？」

あ、ああ。半分ぐらい読んだけど……。

恐る恐る肯定すると、能面のような顔をしていた七野ちゃんは表情をひきつらせ、顔色が赤くなったり青くなったりと、忙しく変化し始める。

「え、嘘。いや、あのそれは、違くて……。友達に薦められたというか、出来心というか……」

思考がまとまらないのか、意味のつながらない言葉がぽろぽろとこぼれる。手を胸の前でばたばたと振ったり、そうかと思うと手を組んでもじもじと動かしたりしている。

僕が驚きをもって七野ちゃんを見ていると、彼女はしばらくその奇行を続けた後ぴたっと動作を停止した。

そして。

「う――」

う？

「うにゃあああああぁぁぁぁぁぁ!!」

七野ちゃんが突如として奇声を発したかと思うと僕の手からマンガを奪い取り、とんでもない速度で居間を飛び出して廊下の向こうへ走り去っていった。

ええ……。

僕が突然の事態に困惑していると、七野ちゃんが走り去った方から九子さんがやって来る。九子さんも孫の奇行を目撃したようで、困惑した表情を浮かべて僕に問いかけてきた。

「……ありゃあいったいなにがあったんだい？」

……さあ？

僕は九子さんの問いに返すべき答えを持ち合わせていなかったので、曖昧な言葉しか出てこなかった。

＊

「……で、お前は何事もなかったかのように帰ったと？」

僕が話し終えると、瞑目(めいもく)しながらそれを聞いていた八重さんが静かに問いかけてくる。

その通りであったので、僕は深く考えずに首肯した。

僕の肯定に八重さんは目を開くと、にこりと微笑(ほほえ)みかけてくる。よくわからないままつられて愛想笑いを浮かべる僕。

瞬間、八重さんはあぐらをかいて座った体勢から獣のような機敏さでテーブルを飛び越え僕に飛びかかってきた。

「そこは追いかけろよ！　馬鹿か！」

僕は八重さんの動きに反応することもできなかった。勢いそのままに僕の首根っこを押さえた八重さんはそのまま首に腕を巻き付けて容赦なく締め上げてくる。

酸素の供給を絶たれそうになった僕は必死に首と八重さんの腕の間に手をねじ込み、もう片方の手で彼女の腕をタップする。しかし、八重さんは聞き入れてくれる気配はなかった。

一縷の望みを持って外野の三人——西園寺と北条、東雲に目を向けるが、しらっとした目で僕たちの格闘戦を傍観するばかりだ。

「とりあえず話を聞いただけでも彼の責任は明らかだね」

「いや流石にそれはないだろう、君……」

「マジでないわー」

なんなら何故か口々に罵倒までしてくる。救いの手を絶たれた僕は自力でこの窮地から逃れるしかないが、優位な体勢を取られているため男女の体格差をもってしても状況を覆すことはできず、しばらく八重さんともみ合い続けた。

僕はなんとか腕のロックが緩んだ隙を突いて脱出したが、勢い余ってテーブルに頭をぶつけてしまい悶絶する。

酷（ひど）い話だ。話せっていうからそのまま説明しただけなのにこんな目に遭うなんて。

「まったく。ばばあから妹ちゃんが部屋から出てこねえなんて連絡があったから何事かと思えば。てめえは本当に神経が無いというか、他人への配慮が無いというか……」

涙目になっている僕を見下ろしながら、八重さんがため息を吐いている。

妹に自分が汚した部屋を掃除させる姉には言われたくないが、それを告げようと口を開いた瞬間半眼（はんがん）で睨まれてつい口を閉じてしまった。

……ん？　七野ちゃんがなんだって？

「昨日から今までずっと部屋に引きこもってるんだとよ。で、状況的にどう考えてもお前が原因だから話を聞けって指示されて来てみりゃあこのザマだ」

八重さんの言葉に僕は驚いた。確かに、七野ちゃんも大袈裟（おおげさ）なぐらい叫んでいたから何かやってしまったかと思ってはいたが、そこまでの事になっていたとは考えなかった。今度会ったら謝っておこうぐらいのつもりでいたのである。

「あんたねえ……。七野ちゃんはいたいけな女子高生なんだから配慮しなさいよ。あたし達相手にするのとは訳が違うのよ？」

「それぐらい無神経なやつだからボクたちも付き合いやすいところはあるんだけれどねえ」

北条にお説教され、西園寺にはフォローなのかけなされているのかよく分からないコメントを頂戴する。僕が悪いようなので反論のしようもない。ただ言い訳をさせてもらえば、マンガをちょっと借りて読んだだけでこれほどの事態になるとは想像もしなかったのだ。

「見られただけで引きこもるなんて相当な気がするけど、どんなマンガだったの？」

東雲の言葉に、そう言われてもと思いつつ記憶をたどるが、特になんの変哲もない現代恋愛ものだったはずなのだが……。

「ううん、特に変なジャンルじゃなさそうではあるがね……」

「恋愛もの読んでる事を知られるのが恥ずかしかったとか？」

「いや、妹ちゃんはそこまで細い神経してないはずだぜ」

何気に酷い事を言う八重さんだが、僕としても以前アニメ化したとかでちょっと話題になった恋愛ものの少女マンガとか借りて読んでいたのでそれはないと思われる。

「そっかあ。タイトルはわからないの？」

表紙はブックカバーされてたのもあって見なかったし、ちょっと見るぐらいのつもりだったからタイトル確認しなかったんだよなあ。メジャーになるような作品じゃないと思うけど。

「へえ、そう思うような根拠でもあるのかい」

まあ、男性同士の恋愛を描いた作品が有名になることもそうそうあるまい。そういうのが認められる世の中になってきたのは確かだろうが、まだまだメディアミックスもしづらいだろうし……。

と、そこまで語ったところで、全員の表情が渋いものに変わっていることに気がついた。

「……BLかあ」

「妹ちゃんもそういうお年頃なんだなあ……。ていうか、もうこれが答えじゃねえか。早く言えよ」

なにやら遠い目をしている八重さんの言葉に首を傾げる僕を見て西園寺が呆れたような顔で突っ込んでくる。

「いや、君なんでそんな不思議そうなんだよ……」

そうは言っても、さっきも話したが今時BLっぽい作品なんて普通に世に出回っているだろう。確かにちょっと濡れ場？ みたいなシーンも描いてたりする作品ではあったけれど。

「逆になんでそれが問題ないと思ってるのかしらねこいつは……」

『じょひます』が世間に許されるならこの程度の作品、全く問題ないと思うのだが。というかお前たちも時々そういうマンガとか小説をうちに持ってくるじゃないか。

僕の意見に北条や西園寺が目を泳がせる。

「い、いやまあ、『じょひます』は……。一応男性向けだから……。女性側が勝手に別の読み方をしてるだけだから……」

「ううん、色々と持ち込むためにハードルは少しずつ下げていたつもりだったんだが……。思った以上に順応が早すぎたか……」

『じょひます』のことを知らないのか、東雲が不思議そうな表情でふたりのことを見ていたが、気を取り直したかのように僕の方を向いて窘(たしな)めてくる。

「……とにかく、年上の異性にそういう本を見られたらそうもなるよ。君だって年上の女性にちょっとエッチな本とか見られたら嫌でしょ？　七野ちゃんからすればそれぐらい恥ずかしかったたってことじゃないかな」

なるほど。

大学生となった今でこそこのザマであるからして耐性があるが、自分が中学高校の時代にそんなものを異性に見られたら死にたくなっていたかもしれない。

「しかし、そうすると妹ちゃんのダメージも相当だなあ。なにしろこいつは妹ちゃんにとって〝憧れのお兄さん〟だし」

東雲の発言になんとなく納得する僕の横で八重さんが頭をかきながらぼやいた。なんだか僕ににつかわしくないワードが出たことに、僕より先に西園寺が反応する。

「憧れ？　彼にですか？　そんなに七野ちゃんの好感度を稼げるような男ではないと思いますが……」

「いや、あんたはそこ頷くとこじゃなくない……？」

そうは言っても西園寺の言葉は的を射ている。確かに冷たくあたったつもりも無いが、特に好い印象を持たせるようなこともしていないのは間違いないのだから。

「そりゃあお前、出会い方からして好感度稼ぎまくりだったじゃねえか。私は妹ちゃんから聞いただけなんだけどよ。お前のこと滅茶苦茶持ち上げてたぜ」

出会いっていうと、僕が受験のためにこのあたりに来たときのことだろう。そんなに劇的な話でもないような……？

「何かあったの？」

ああ。大学受験の帰りに道で九子さんがぶっ倒れてて、七野ちゃんが大慌てしてたからちょっと手助けしただけだよ。

「いや、だけって大分大事な気がするんだけど……。九子さん大丈夫だったの？」

「そこまで大した話じゃなかったよ。それにこいつがすぐ救急車を呼んでくれたから、しばらく入院はしたけど後遺症もなく今じゃあの通りぴんぴんしてる」

そういうことだ。それで、いざうちの大学に受かって部屋を探してるときに偶然九子さんや七野ちゃんと再会したのである。

「ああ、この前言ってた伝手っていうのはそういうことなんだ。いやあ、本当にそんな物語になりそうなことやってたんだね」

　僕の説明に、東雲が得心したように頷く。そこまでで説明は十分なのに、八重さんがにやにやしながら余計なことを補足してくる。

「こいつはこうやってあっさりした説明してるけどな。妹ちゃんから聞いた話はそりゃあもう劇的だったぜ。急にばばあが倒れて頭が真っ白になってるときに、年上の男の人が颯爽と現れて助けてくれたって。救急車を待つ間もずっと笑顔で語りかけて落ち着かせてくれてたとか言ってたなあ。その後それっきりだと思ってた相手が偶然部屋探しに来て再会するんだから、そんときの妹ちゃんの興奮っぷりといったら」

「そうなると、〝憧れのお兄さん〟というより、〝憧れの王子様〟って感じですね。あんたも中々やるじゃない」

「いやあ、こんな仏頂面のどこがいいのかと思ったけど、考えてみると君も七野ちゃん相手には対応がやけに柔らかかったね。ボクたちにはいつも素っ気ないのに」

　北条はからかってくるし西園寺の言葉には何やらとげを感じるが、八重さんの話には誇張が入っているし、七野ちゃんへの対応が柔らかいんじゃなくてお前達への対応を雑にしているだけだと主張したい。

「けど、そんな相手にBLマンガを見つかったとなったら確かにショックかもしれないね」

「そうなんだよなあ。純真というか、思い立ったら一直線な妹ちゃんのことだから、このまま放置してたら学校にも行かずに引きこもりかねないぜ」

正直そこまで引きずる話であるかどうかは疑問であるが、僕の不用意な行動で七野ちゃんを傷つけてしまったのは事実だろう。それは本意ではない。……九子さんからしばかれたくもないし。

「けど、実際どうするんだい？　ただ謝って解決するような話でもない気がするのだけど」

やっぱりそれだけじゃ駄目だろうか？

「下手なことすると逆効果になりそうな気はするよね。ことは慎重に進めないと」

「そうは言っても、こんな展開そうそうないだろうし、どうすればいいかしらねえ……」

西園寺がはい、と挙手したので促すと、にこやかに提案し始める。

「やはり目には目を、辱めには辱めをということで、自分の性癖をさらけ出すのはどうだろうか。おすすめのエロ本を七野ちゃんに献上するんだ」

却下。

「何故だ⁉　これだけお互いの恥ずかしい部分をさらけ出すのだから、仲直りもできるし仲も深まるしいいことずくめじゃないか！　ついでにボクにもそれを見せてくれたら三方良しだ！」

良しじゃない。

僕は辱めを受けるし七野ちゃんはそんなもの見せつけられるし、良しなのは西園寺だけである。

というか、何故に西園寺にそれを見せる必要があるのか。

「今後の参考になるかと思って」

今後って何だよ今後って。この前の官能小説の件といい、最近の西園寺はやたらと僕の性癖を探ってくるな……。

そんなものを知って何をしようというのだろうか、こいつは。

「上手くいけばいいけれど、普通に考えたらセクハラだからね。年下の女の子にそれはまずいんじゃないかな」

本気でアホなことを主張する西園寺に、比較的良識派の東雲がまっとうな意見で否定する。東雲の普段の行動も僕に対してセクハラになっている部分があることはこの際置いておく。

今度は北条が自信ありげに手を挙げた。

「謝罪の気持ちといったらやっぱりお金よ。慰謝料として諭吉先生を数枚提供すれば万事上手く収まるわ」

いや、さすがにお前それは……。

「私としても妹ちゃんにそんな大人の汚いやり口を見せたくないんだが……」

僕と八重さんの言葉に、そっかあ、と残念そうに手を下ろす北条。ちょっとこいつの将来が心配になってきたな……。

「もう誠意を示すだけなら指輪でも買って持って行って責任は俺が取る！　でいいんじゃねえの？　たぶん丸く収まる気がするぜ」

めんどくさくなったのか八重さんが投げやりなことを言い始めるが、当然そんなことでは収まるものも収まらないので却下である。

……仕方ない。ろくな意見もでないし正攻法でいこう。

「正攻法ってどうするの？」

むろん、正面切って向かっていって謝り倒すのだ。とにかく謝罪力で押しきるしかない。

「いや、謝罪力ってなんだよ……」

「まあ、言い方はともかくそれが一番いいかもね。下手なことするよりは素直に謝った方がいい結果になると思うよ」

東雲先生のお墨付きも出たのでこの案でいくことにする。善は急げと七野ちゃんの元へ向かうべく立ち上がった僕に、八重さんが胡乱げな目を向けてくる。

「結局それしかねえんだろうが、本当に大丈夫なのかよ？　失敗して妹ちゃんを傷つけたら酷いぜ？」

八重さんなら失敗したら本気で酷いことをしてくるだろうが問題ない。任せて欲しい。こう見えて人に謝るのとかは得意分野なのだ。

「謝り上手を誇る人間、ボクは初めて見たよ……」

「あたし、逆に不安になってきたんだけど」

「まあ本人があああまで言うなら大丈夫じゃないかな。たぶん……」

＊

「まったく、めんどうなことをしおってからに……。七野を部屋から引っ張り出せなかったら、本気で責任取らせるからね」

牛嶋邸を訪問した僕は、九子さんの脅しとも取れる小言を聞きながら七野ちゃんの部屋まで案内されていた。

というか、僕が七野ちゃんと和解できなかったとしても無理矢理部屋から引っ張り出すでしょうに。

「当たり前だよ。やっと穀潰しがひとり減ったところなのに、また増やしてたまるかい。うちにそんなやつを食わせる余裕はないよ」

こんな広い邸宅を持っていてアパートの大家もやってる牛嶋家で余裕がないなら、大体の家庭は相当な貧困生活を送っていることになると思うのだが、九子さんがこわ……もとい賢明な僕は口に出すことをしなかった。

「ほら、この先の扉が七野の部屋だ。あたしはしばらく買い物にでるから、押し倒すなりなんなりして上手いことやりな」

そんなことはしない。と僕が発言する前に九子さんはさっさといってしまった。すぐに玄関を開け閉めする音が聞こえてきたので、本当に出て行ってしまったらしい。信頼してくれるのはありがたいが孫娘のことはもっと大事にしてほしいものだ。

……さて。

僕は七野ちゃんの部屋の前に立つとゆっくりと深呼吸をする。部屋では謝るのが得意と大見得切ってきたが、今回はちょっと自信がない。

人に怒られるときというのは必ず原因があるもので、どうして怒られているかを客観的に分析することは容易いが、女の子の気持ちを分析するのは僕には難しい。いっそ人のものを勝手に見るな！　と怒ってくれている方が話は簡単だった。

だから僕にできることは愚直に謝ることだけなのだが、それが通じるかどうか……。

僕は覚悟を決めると扉をノックする。しばらく待っても反応が無かったので、もう一度ノックするかもしくは出直そうかと考え始めたとき、部屋の中から小さな声が聞こえた。

「……お婆ちゃん？」

そうだよお婆ちゃんだよ。早くこの扉を開けておくれ。

「いや、お婆ちゃんならそんなこと言わずに勝手に入って……って、バイトさん⁉」

つい流れでボケてしまったが、七野ちゃんのノリがよくて助かった。

できれば話をしたいのだけれど、部屋に入れてもらえるだろうか。

「ええ⁉　い、いやちょっと今は不味いですっ！」

可能性として考慮はしていたが、入室は拒絶された。まあ、これに関してはしかたあるまい。昨日あんなことがあったばかりで顔も合わせづらいだろうし、そもそも冷静に考えれば年頃の女の子的には異性を部屋に入れることもはばかられるだろう。

それならこのままでいいから話だけでも聞いてもらえないだろうか。

「そ、それはそれで申し訳なさが……。わ、わかりました、入ってください」

目上の人間を部屋の前に立たせるのが忍びなかったのか、渋々といった様子で入室を許可してくれる七野ちゃん。

申し訳なさは感じるが、誠意を示すには対面している方が都合がよかろう。お言葉に甘えて部屋に入ることにする。

部屋の中はピンク色の小物やぬいぐるみがそこらに置かれた、いかにも女の子らしい装いであった。ただ、部屋の隅に立てかけられた竹刀だけが異彩を放っているのだが、そういえば七野ちゃんは剣道部に所属していると聞いたことがあったような。

しかし何故だか部屋の中をぐるりと見回しても七野ちゃんの姿が見当たらず一瞬疑問を覚えたが、それはベッドの上にこんもりした布団を発見したことで即座に氷解した。

この暑い中何故そんなことをと不思議に思いつつ部屋の中に進み入ると、七野ちゃんから制止された。

「そ、それ以上近づかないでください！」

僕は素直に従ってその場で立ち止まる。どうやってこちらの様子を把握しているのかと思ったら、布団をちょっと持ち上げて隙間を空けているらしい。器用なことである。

「すみません。お恥ずかしい話なんですが、昨日からお風呂にも入ってなくて……。汗臭いと思いますので……」

特に汗臭さも感じない、というか僕に汗臭さなんてわからないし、なんなら桃のような甘い香りがするぐらいなのだがセクハラになりそうなので言わないでおく。

ちなみに一応女性分類の八重さんの部屋はいつも汚染されているのでこういった匂いはあまり感じない。逆に最近我が家のベッドからこういった匂いがするようになってきてちょっとびびっている。

……あまりこういった話をするのはよそう。

余計なことを考える前に早く用件を済ませるべきだろうと判断した僕は、男らしく床に膝をつくと深々と頭を下げて謝罪の言葉を口にした。ジャパニーズ土下座スタイルというやつである。

「えええええ!?　な、なんで急に土下座なんですか!?」

布団の山からは七野ちゃんの慌てた声が聞こえてくる。

無論、勝手に他人様（ひとさま）のマンガを読んでしまった上、七野ちゃんを傷つけてしまったからだ。大変申し訳ない。

原因をこれ、というものに絞れなかったのでそれっぽい理由を並べたてる。

「い、いえいえいえいえ！　そんな謝っていただくようなことは何も！　ただ、わたしが自分の不注意で恥ずかしいものをみられてしまっただけで……」

途中で記憶が蘇ってきたのか、言葉がどんどん尻すぼみになっていく七野ちゃん。やはり原因は羞恥心であるらしい。

「あのっ、そういう訳なので、バイトさんのせいではないですから顔を上げてください！」

しかし、結果七野ちゃんがこうして引きこもってしまっている以上僕としても責任を取る必要が。

「責任を取る……？　それって、もしかして……？」

ああ、責任を取って腹を切らなければ九子さんや八重さんに死ぬよりも恐ろしい目に遭わされるだろう。

「あ、そういう……。って、それは不味いですって！　ちゃんと部屋からは出ますから！　大丈夫ですから！」

よかった。これで僕の生命も救われるよ。

「あ、あはは……けど、良かったです。わたし、あんなの見られてもしかしたらバイトさんに嫌われたかもって思っていたので」

嫌われるは大袈裟すぎると思うのだけれど……。別にこの程度で七野ちゃんを嫌うことも見方を変えることもないのだから。

どちらにしろ今回の件、非は僕にあると思う。つぐないはするから謝罪は受け入れて欲しい。

僕の言葉に、七野ちゃんは安心したように息を吐いた。

「……わかりました。それで話が収まるなら謝罪は受け入れますので。けど、つぐないって？」

僕にできることならなんでもしよう。後遺症が残りそうなことと、警察のご厄介になりそうなこと以外ならなんでも言ってほしい。……あ、懐事情も厳しいので申し訳ないが金銭的なことは要相談で。

「それ以外なら何でも……。それなら……ううん、でも……」

僕にできることならとは言いつつも大したことはできないと思うが、七野ちゃんは真剣に悩んでいる様子だった。しばらく布団の中でうんうんと唸ってもぞもぞしている。

本当になんでもいいんだよ？　と、遠慮でもしているのか中々案が出てこないらしい七野ちゃんに向けて表情を柔らかくしてみせる。それを見て、七野ちゃんの声と布団の動きがぴたりと止まった。

「それです」

……それ？

どれのことかさっぱりわからない僕が首を傾げると、七野ちゃんがちょっと強い感じに声を上げる。

「その、意図的に作った感じの微笑みです！　なんていうかこう、わざとらしくて距離を感じます！」

ええ……。

僕は急に笑顔に駄目だしされて困惑する。いやまあ、意図的な表情であることは間違いないが、距離を作った覚えはないのだが……。

「だって、西園寺さん達とか、お姉ちゃん相手だったら絶対そんな顔しないじゃないですか！　もっとこう、早く決めろよカス！　みたいな冷たい感じの顔をするはずです！」

そう指摘されて、とりあえず八重さんあたりに同じようなことを言ったときの対応を想像する。どういった理由で貸しを作らされるかは分からないが、あのクズな引きこもりゲーマーは僕にどんなことをさせようかにやけ面で考えながら焦らしてくるに違いない。

そうなれば確かにそんな表情、リアクションをするかもしれない。

……え？　そうすると、七野ちゃんもそういう対応をされたいということだろうか？　それは性癖が特殊すぎるのでは……。

「そ、そうだけどそうじゃないんです！　なんていうかこう、お姉ちゃん達には遠慮がないのにわたしにはちょっと距離があるというか、もうちょっとバイトさんと仲良くなりたいというか……」

もにょもにょとして要領を得ない七野ちゃんの説明であったが、とりあえず言いたいことはわかった。

雑に扱え、というよりは遠慮をするなということなのだろう。

僕が七野ちゃんに遠慮してるというよりは、奴（やつ）らがクズであるが故の対応なのでどこまで差異が出せるかはわからないのだが、努力はしよう。

「あ、ありがとうございます！　そうしたら、今までわたしに遠慮してたことがあれば何でも言ってくださいね！」

僕は弾んだ声を上げる七野ちゃんにほっとした。とりあえず吊（つる）し上げられる未来は回避できたらしい。

……しかし、何でも言ってと言われてもなあ。

今ここで急に言われても特に思いつかないのだが、布団越しでも分かる何やら気合いの入った七野ちゃんを残念がらせる訳にはいくまい。

しばらく考えた後、何とか捻（ひね）り出した内容を七野ちゃんに提案する。

それなら、とりあえず布団から出てきて欲しいかな。

「えっ⁉」

ううん、やはり反応はよろしくないか。現状でできる改善というとこれぐらいしか思いつかないのだが。僕としては見た目がどうとかは部屋に居座るやつらのお陰であまり気にならないし。

七野ちゃんはしばらく躊躇(ちゅうちょ)していたが、やがて意を決したように布団から這(は)い出てきた。

「こ、これでいいですか？」

髪を下ろし、薄手でピンク色のパジャマを身に纏(まと)った七野ちゃんが恥ずかしそうに顔を赤らめているのを見て、僕はちょっとしたときめきのようなものを感じた。

なにせ、普段身近にいるやつらが寝るときなんていうのは脱ぐか人の衣服を勝手に借りていくかしかなかったのだ。ちゃんと服を着ていること自体を新鮮に感じてすらいた。

なので思わずまじまじと七野ちゃんを見つめてしまったのだが、彼女が僕の視線から身体を隠すように身をよじらせるのに気がついて慌ててわずかに視線を逸(そ)らす。

とりあえず無言になるのは気まずいので、パジャマ姿を褒めておくことにする。

「えへへ……。ありがとうございます。ほ、他に何かありませんか⁉」

褒められて照れた様子の七野ちゃんは、照れ隠しなのかさらなる要求をしてくる。既に頑張って捻り出した後なので、特に何もないのだが……あ。

　無意識にネタを探して部屋の中を眺めていたら、本棚に並べられた書籍を見て不意にひらめいた。ある意味ちょうどよいかもしれない。

　そしたらお願いがあるんだけれど。

「はいっ。なんでも言ってください！」

　両手の拳を握りしめ、やる気をアピールしてくれる七野ちゃん。そう言ってもらえるならこちらもお願いしやすくて助かる。

　それじゃあ、昨日僕が読んでたマンガの続きを読ませて欲しいんだけど、貸してもらっていいだろうか。

「え」

　いやあ、話のちょうどいいところでマンガを持っていかれてしまったから、続きが気になっていたのだ。

　流れ的にもう読めないかなと思っていたのだが、遠慮する必要がなくなった今なら本の貸し借り程度問題にもなるまい。

　僕が自らの案を内心賞賛し悦に浸っていると、はたして七野ちゃんは笑顔で了承してくれた。

「わかりました……。遠慮はしないって決めましたもんね……」

その笑顔はどこかぎこちなく、声は震えているように聞こえなくもなかったがたぶん気のせいであろう。それよりもマンガの続きである。

僕は読みかけのマンガに加え、七野ちゃんに見繕ってもらったおすすめのＢＬ作品を何冊か借り受けて意気揚々と牛嶋邸を後にした。

七野ちゃんの件は解決したし、僕が普段なら絶対買わないようなジャンルの本を借りることもできたしで最高の戦果をもって帰宅したのだが、帰りを待ち受けていた面々に報告すると、何故か容赦なくしばかれたのである。

三章　海の家物語

室内に鳴り響くインターホンの音に僕は顔をしかめた。

通販で何かを買った記憶はないし、僕の部屋を訪ねてくるようなクズ三人は既に部屋の中にいて我が物顔でくつろいでいる。実家には帰らなかったしサークルの合宿以外ほとんど外出をしなかった僕だが、そのほとんどの間誰かしらが居着いている。一ヶ月半程もある長い夏休みであるが、その内の一ヶ月を消化してしまったというのに他に行くところはないのだろうか。

他に候補と言えば七野（なの）ちゃんが八重（やえ）さんの部屋を訪ねるついでに顔を出すことがあるぐらいだが、先日顔を出しに来たばかりなので、それよりも営業だとか宗教の勧誘だとかみたいな面倒くさいやつの可能性の方が高い。

幸いこの部屋には玄関前にカメラが備え付けられているので、壁のモニターを確認して知り合いでなければ無視を決め込めばいいだけだ。

それでも読書の邪魔をされた不愉快さは甘受せねばならないのだけれど。

渋々スマホ（電子書籍）から視線を外して壁に備え付けられたモニターを確認した僕は、玄関に立つ人物を確認して目を見開いた。

そこにいたのは、九子さんだった。

珍しいことである。

九子さんが僕に用事があるときや仕事を言いつけるときは電話かラインを送ってくるかなので、わざわざ部屋を訪問してくることはこれまで一度も無かったのだが。

中々応答しないことにいらだってか、顔をしかめてもう一度呼び鈴を押そうとしている九子さんを見て僕は慌ててモニターのボタンに飛びつく。

『なんだいるんじゃないか。まったく、ちんたらしてないでさっさと出ないかい』

中々に理不尽な言い分だと思うが、大家の機嫌を損ねても良いことはないので適当に愛想笑いで誤魔化しつつも、内心びくびくしながら用向きを問うた。

別に家賃を滞納したりはしていないが、部屋が学生の溜まり場と化しているので階下から苦情が入ったということもあり得る。防音はしっかりしているが振動までカバーしているかはわからないし。

まさか退去させられることはないと思うが、ペナルティとして家賃の値上げなんてことを持ち出される可能性は無きにしも非ずだ。

『あんたに用事なんて仕事の話以外ないさね。ちょっと込み入った話だからわざわざ出向いてきたんだよ。いいからさっさと入れな』

しかし、そんな懸念はあっさりと否定される。その代わりに別の懸念は発生してしまったようだが。込み入った、なんて単語が不穏すぎる……。

残念ながら今後の家賃に関わる以上断るという選択肢は存在しないので、僕は渋々九子さんに了承の意を伝えてモニターを切ると背後を振り返った。

部屋の中は今朝片付けたばかりなので礼を失することはないだろう。問題があるとすればあまりにもだらしない恰好でだらけているやから達がいることだけだ。

まあ、こいつらもこれだけ部屋に居着いているのだから今のうちに顔合わせをさせておいた方が後々の面倒もなくなるだろう。

会話を聞いていたらしい西園寺がベッドにごろ寝したままの姿勢で問うてくる。

「今のが噂の大家さんかい？」

その通りだ。ただでさえ好き勝手しているんだから粗相の無いように。

北条もアニメを消せ。後ベランダの東雲にも服を着るように伝えろ。

「はあい」

「了解だよ」

北条がテレビを消し、西園寺が何事かとベランダから顔を出した東雲に声をかけるのを確認してからゆっくりと玄関に向かう。扉を開けるのに時間をかけると九子さんに怒られるし、早すぎると半裸の東雲と鉢合わせすることになって僕が気まずいという僕だけ損をする状況に理不尽さを感じる。

フィーリングで早すぎず遅すぎず時間を調整しながら鍵を外し、九子さんを招き入れて部屋に戻る頃には上手いこと東雲も服を身につけていた。

しょうもない事故を起こさずに済んだことに安堵する僕を余所に、九子さんは三人の顔をぐるりと見回しニヤリと笑った。

「ふうん。確かに綺麗どころを揃えているじゃないか。けしからんやつだよまったく」

別に選んでこういうやつらが集まってるわけでもそもそも意図して集めたわけでもないので、九子さんの物言いは否定しておく。容姿云々は関係なくクズな大学生同士が群れた結果がこれなのだ。

「いや、最初にボクと君が連み始めた一因は容姿にあるから関係なくはないんじゃないかな」

そこ、余計なことを言わないように。

「さ、さ、大家さんこちらにどうぞ〜」

「飲み物は何になさいますか？　水出しコーヒーならすぐに出せますが……」

「コーヒーでかまわないよ」

北条が気を利かせて九子さんに自分の座っていたソファを勧め、東雲が飲み物を準備する。ちゃんとした応対をしているようでなによりだ。

一通り自己紹介を済ませて全員が席に着くと、九子さんがコーヒー片手に機嫌よさ気な様子で口を開く。

「中々気が利く子達じゃないか。ま、うちの七野には負けるだろうがね」

いやそんなことでマウント取られましても……。

しかし、わざわざ部屋まで来て説明するような込み入った仕事なんて、僕に何をやらせるつもりだろうか。力仕事だとかコミュ力が必要な仕事は不向きなので勘弁願いたいのだが。

「賃借人の上に被雇用者の癖にわがまま言ってんじゃないよ」

どちらにも法律上の権利というものがあると思うのだが、ややこしくなりそうなので何も言わずに愛想笑いをしておく。

「お前さんの事情は関係ないんだよ。どんな仕事でも必要なら問答無用で引っ張り込むんだから。用があるのはそっちのお嬢さん達さ」

そう言って九子さんは話を聞いていたクズ三人を順繰りに見回した。

「ボクたちにですか？」

「そうさね。ああ、別に苦情だとかそういう話じゃあないよ。七野にもよくしてもらってるみたいだし、八重のやつも世話になってるみたいだしね。あんた達には、ちょっとバイトをお願いできないかと思ってね。もちろん報酬ははずむよ」

「ホントですか？　やりますやります！」

具体的にはこれぐらい、と九子さんがどこからともなく取り出した電卓を叩き示した数字に、金欠筆頭の北条が食いついた。

せめて内容を聞いてから引き受けろと言いたい。まあ、九子さんの言うバイトなんてせいぜい八重さんのお世話だとか庭の草むしりだとかその程度だと思うが……。

「そうかいそうかい、ありがたいねえ。そのバイトってのは海の家の店員なんだがね」

思った以上にバイトしていた。

今まで僕が引き受けた仕事は九子さんの手伝いの域を出ないものばかりで、こんながっつり仕事と言えるものを請け負ったことはなかったのだが……。

「旦那が死んで家業は畳んだけど、渡世の義理とかしがらみとか色々事情があるんだよこっちは。ここの沿線を下った先の海岸で、花火大会やってるだろう？　うちは毎年そのときだけ店を開いてるのさ」

いや、僕はこの辺の人間じゃないからそんなイベント今知ったのだが。それにしたって年一回一番のかき入れ時だけ店を出せるなんて都合がいい気もする。というかそれって要はテキ――。

「細かいことはいいだろう。詮索家は長続きしないよ」

なんでワードチョイスがいちいち不穏なんだ……。

「まあ大家さんからのお話なら信用してもいいんじゃないかな。私は花火大会の日の予定は空いてるので大丈夫ですよ」

「ボクも問題ないな。日頃からこの部屋に入り浸っている人間としては大家さんに恩返しができるならやぶさかじゃない」

「はいはいはいはいはい！　あたし、前は居酒屋でバイトしてたんで接客できますよ！」

三人の方は九子さんの依頼に前向きなようだ。接客業に著しく問題を抱えるやつがいるのが不安要素である。

「大丈夫だって！　前は居酒屋だから酔っ払いに絡まれまくったけど、海の家ならそんなことにはならないだろうし」

無駄に自信有り気だがまったく信用はできない。

まあ、一日だけって話ならそう問題も起こらないだろう。僕はこの部屋でお前達の武運長久を願っているから頑張って稼いできてくれればいい。

「当然お前さんも来るんだよ。家賃上げられたいのかい？」

あ、はい。

＊

「あじぃ……ぎもぢわるい……。私はもう無理だ。私に構わず先に行け……」

いや、邪魔なんで退いていただけません？

車の横に積まれた店に搬入する荷物を椅子がわりにして、燃え尽きたボクサーみたいになってる八重さんの姿にため息しか出ない。

今回の仕事に僕と同じく強制参加させられている八重さんだが、車酔いで弱っているところに直射日光と搬入作業の肉体労働のダブルパンチをくらい、使いものにならなくなっていた。

せめて海の家の傍で力尽きて欲しかったところである。

「まったく、相変わらず使えない孫だね。ろくすっぽ家も出ずに引きこもってるからそんななまっちょろくなるんだよ」

「うるせえばばあ……。私は内勤だから外に出る必要はねえんだよ……」

台車を転がして戻ってきた九子さんがへばる八重さんを見て容赦なく舌打ちする。八重さんも反論はするがその声に力はない。というか、VTuberって内勤と言っていいのだろうか。

「仕方がないね。この荷物を持っていって調理場に転がしておきな」

八重さんを親指で指しながら僕に指示する九子さん。たしかに現状お荷物だが、自分の孫に容赦ない御仁だ。いや、容赦ないのは八重さんにだけか。

僕は再びため息を吐くと荷物（八重さん）を立たせるべく彼女に手を差し伸べた。そのまま引っ張っていくつもりだったのだが、八重さんは僕の手を取らずに両手をまっすぐ伸ばした。

……どうやら自分で歩くことすら放棄して本当に荷物に徹するつもりらしい。

三度目の大きなため息を吐いて僕は八重さんに背を向けて腰を落とす。

「いやあ悪いな」

ちっとも悪いと思ってなさそうな口ぶりの八重さんはのしかかるように僕の背中に乗っかってくる。

肩に手を置くなりしてバランスを取ってくれればいいのに力を抜いて身体を預けているので、バランスが悪いし背中にささやかな（当社比）膨らみを感じるしで非常にやりづらい。

筋力の足りない僕には中々の重労働だ。幸いにして八重さん体重は軽かったので無様に潰れる心配はなさそうである。

「まったく、馬鹿孫をすぐに甘やかしおってからに。今回は面白くなりそうだから許すけど、あんまりこいつに楽させようとするんじゃないよ」

面白くなりそうとは……？　まあ、いいか。

ちょっとふらつきつつも駐車場から海岸に向けて移動する。

のろのろと歩を進めていると途中で車に戻る七野ちゃんとすれ違った。姉と違って七野ちゃんは体育会系なので、それなりに重い荷物を運搬していても平気な様子である。何だったら僕よりも数倍貢献しているだろう。

余裕有りな表情をしていた七野ちゃんだが、八重さんを背負った僕の姿を見て何故か愕然とした表情をする。

「なっ⁉　ば、バイトさん……？　なんでお姉ちゃんをおんぶしているんですか？」

嫌だな七野ちゃん、これはただの荷物だよ。

そう言って僕は朗らかな微笑みの表情を作る。

「人を荷物呼ばわりとは良い度胸じゃねえかバイト君よお……」

九子さんが荷物って言ってたから荷物なんですぅ、って首が絞まる絞まる……！

背後からの回避不能なチョークスリーパーで僕の呼吸とかふくらみをがっつりと押しつけられた背中とかがなんというかもう色々と大変なことになる。

「ちょちょちょちょっと⁉」

背負った八重さんを落とすわけにはいかないので両手が使えず、無防備に責め苦を受けるしかない僕を七野ちゃんが慌てて救出してくれる。

「もう！　そんなうらやま……もとい、危険なことしてバイトさんが倒れたらどうするの！」

八重さんの腕を僕の首から引き剝がしてお説教をする七野ちゃん。しかし八重さんには効果が無かった。

「こんなもんじゃれ合いみたいなもんだって。バイト君だって渋い顔してるように見せて女体の感触に内心大喜びしてるさ」

人の気持ちを勝手にねつ造しないでほしい。

「そ、そういうことじゃないでしょ！　わたしは倒れたら怪我して危ないって言ってるの！　バイトさんに甘えてないで自分で歩きなよ！」

「いやあ、車酔いはつれえし足はもうぱんぱんだしで一歩も動けないなあ」

「絶対嘘でしょそれえ！」

僕の突っ込みなんてさっくりスルーして言い合いを始める牛嶋姉妹。声を大にしているのは七野ちゃんだけで八重さんは明らかに揶揄っている風だけれども。

とにかく、こうしている間にも僕の手が震えてきてるからさっさとこの荷物を放り込みに行っていいだろうか？

「だから荷物じゃねえっての。あんまり手荒に扱うと服の中に胃の中のもんぶちまけるぞ」

それはマジで止めていただきたい。

「はあ……。まったくもう、この後が大変なんだからお姉ちゃんも遊んでないでちゃんと仕事してよね」

「遊んでないって。今はまだ力をためているだけさ。ばばあも今年はいつも以上に気合いが入ってるみたいだしな……」

八重さんの言葉に僕は首を傾げる。九子さんの説明でも花火大会に合わせているということだから忙しくなるのはわかるが、今年だから気合いが入るという理由はよくわからない。去年まで使っていたという日雇いバイト枠を僕たちが埋めたというだけで、特に気合いを入れる要素があるとは思えないのだが。

「そりゃあお前、今の爛れた生活に慣れすぎってもんだぜ」

爛れてない。

「まあいいさ。とにかく今日は人がわんさか集まるからな。めちゃくちゃ忙しくなるのを覚悟しておけよ」

それぐらいは理解している。牛嶋家にどんな伝手があってこんな仕事をしているのかは恐ろしくて聞けないが、この日限りの屋台や海の家がいくつも出店するということだから客入りも相当なものになるだろう。九子さんもこうして食材や資材を大量に持ち込んで稼ぐ気満々のようだし。

まあ、そうは言ってもなんだかんだで死ぬような目には遭わないだろう。ピークの昼時を過ぎれば余裕もできるはず。

そんなことを気楽に考えつつ、僕は八重さんを背負いなおした。

＊

結論から言えば、そんなことはまったくなかった。

「焼きそば三丁と、ビール二杯にコーラ一本だ！」

「こっちはビール三杯とフランクフルト六本、それとかき氷のブルーハワイだよ」

「あいよ！　ほれ、イカ焼きと焼きそば二丁！　飲み物はすぐ出させる！　八重、ビール五杯とブルーハワイ追加だ！」

西園寺と東雲が注文用紙をカウンターに置いて、代わりに出てきた料理をテーブルに持っていく。

「わあってるよ！　くそっ、ビールも缶で出しゃよかったじゃねえか！」

イカを網に乗せ、コーラ缶をアイスボックスから取り出しながらの九子さんのオーダーに、紙コップにビールを注ぎ始めていた八重さんがそう愚痴る。

「仕事中に汚い言葉遣いをするんじゃないよ！　ビールなんて缶で出したら在庫が足りなくなるだろうが！　コップ一杯で売るのが単価は一番なんだよ！」

現金な話もいかがなものかと思う。

僕はふたりのやり取りを熱された鉄板の前で聞きながら、心の中でだけ突っ込む。今の九子さんにそんな事を直接言ったら殺されかねない。

しかし暑い、いやこの場合熱いだろうか。屋根のある調理場にいながら鉄板の熱にやられて僕は既に汗だくだ。

今し方入った注文はまだ手がつけられない。その前に置かれた三枚の注文用紙を片付けなければ。

僕は傍らのザルからカットされた焼きそば用の野菜をひっ掴んでこれを鉄板の上に放る。ちらりと見るとザルの中の野菜はもうほとんど入っていない。

後ろで無心になって野菜を切っている七野ちゃんに声をかけて野菜の追加をお願いする。鉄板の音がうるさくていつもより気持ち大きな声を出すが、七野ちゃんはそれ以上に大きな声で返事をしてザルを持っていった。

なんていうかこう、銃弾飛び交う戦場の真っ只中にいる気分だ。

実際似たような状況ではあるのだろうけれど。

僕は鉄板の上の野菜が焦げつかないようヘラで返しながら視線だけで外の様子を窺う。

今回開いた店は本日の花火大会に合わせて仮設された店舗のうちのひとつだ。

店といっても所詮仮設なので調理スペースとテーブル席がいくつかしかない。基本的にはテイクアウトか、屋外というか砂浜に置かれた共用のテーブルで食べてもらう形である。

提供する商品の種類も少なく、ありきたりで簡単なものばかりなので近くにある同じような臨時店舗と差別化できてないようなちゃちなお店だ。

そんなだから客入りも他の店と分散しているはずなのに、昼前から馬鹿みたいに混雑していた。

店内のテーブルだけでなく店先の共用テーブルも終始満席。テイクアウト待ちの客も列を作っていて途切れる気配がない。

……どうやら僕は夏の海というものを過小評価していたらしい。

こんな炎天下の中でわざわざ並んでまで割高な食事を求める人がこれ程いるとは。

「ばか言っちゃいけないよ。こんな忙しいのはうちの店だけさね。なにせ、うちの店は質が違うからね」

質が？　素人の作る焼きそばが主力の店でよくそこまで言えるものだ。

「だれが料理の質だって言ったよ。そんなもんはどこも大して変わらんさね。店員の質に決まってるだろう？」

店員？

……ああ、確かにまあ水着の女子大生が店員やってる店があれば、そこに人が集まるのはわからないでもない。実際やつらは衆目を集めているわけだし。

僕の視線の先で、クズ三人が忙しそうに接客している。

西園寺は黒の水着で腰にパレオを巻いている。麦わら帽子を被っているのは接客的にいかがなものかと思うが、九子さん的判断により許可されている。おそらく珍しく括(くく)られた長髪も水着も黒一色だからああいうのを被らないと熱で倒れかねないからだろう。

東雲は白のシンプルなビキニ姿で露出は一番多い。しかしあれは最近よくベランダで引きこもるときに着ているやつなので新鮮味がない。まあスタイルが良いので見栄えがするのは間違いないが。

そして一番注目を集めているのは間違いなく北条だ。頭の野球帽はいつも通りだがデカいサングラスを乗っけてちょっと夏らしくなっている（これは西園寺に便乗したただのファッションだ）。水着は黄色を基調とした花柄で胸元にフリルをあしらっているのだが、水着がはち切れんばかりになっていて注文をする客の目線が露骨に胸元に集中している。あれが動く度にゆさゆさと揺れるのだから仕方があるまい。

人寄せとしては十分すぎるぐらいだとは思うが、わざわざ並ばなくとも他の店で注文してテーブルで眺めるようにするなりやりようはあるだろうに。

「お前さんホントに玉ついてんのかい？　あれだけの上玉が接客してくれるんだから近くで見て話しかけたいに決まってるだろうが。なんでキャバクラなんて業態が成立してると思ってるのさ」

ちゃんとついてる。

ただ相手が身近過ぎてそういう発想が出てこなかっただけである。

しかし、なるほどキャバクラ……。規模は段違いだがお金を払って女の子と話すという意味ではやってることは確かに変わらないかもしれない。

　僕からすればお金を払ってまでわざわざ他人と会話したがること自体が理解できないが。

「草食系ってやつかい？　まったく近頃の若いもんときたら……。しかし、あたしの予想は大当たりだったねえ。八重も七野もちょっと色気には欠けるからこんな手は使えなかったんだが、これなら一日で例年の倍以上は稼げそうだ」

　調理の手は止めずに不気味な笑い声を上げながら金勘定をしている九子さん。何気に実の孫に対して容赦ない評価である。

　一応バックヤードにいる八重さんも七野ちゃんも水着は身につけてはいるのだ。

　八重さんも白く細身の身体にストライプ柄の水着が似合っているし、七野ちゃんのふりふりな水着も可愛らしい。

　……だから、七野ちゃんも目のハイライトを復活させてもろて。

「……いいんです。お姉ちゃんを見てれば自分の将来にも諦めがつきますから」

「いや、私とは関係なく高二でその体型なら将来の成長はねえと思うぜ」

「…………………」

　僕のフォローむなしくいじける七野ちゃんに、八重さんが容赦なくとどめを刺す。七野ちゃんの野菜を切る速度がぐーんと上昇した。

ちなみに僕も九子さんも水着を着ているが、僕は何の変哲も無いトランクスタイプの水着にパーカーを羽織っているだけだし、九子さんに関しては……あえて言及しないことにする。

「ま、そんなわけだからこの後はもっとしんどくなるよ。あんた達、きばりな！」

九子さんが発破をかけてくるが、精神的ダメージを受けた七野ちゃんとこの後を想像して士気の落ちた僕と八重さんは気の抜けた返事しかできなかった。

＊

同調伝達という言葉がある。

繁盛しているお店と閑古鳥の鳴くお店。事前情報なしにどちらかを選ぶとき、多くの人が繁盛している店を選択するという現象である。

他と比べて特別美味いわけでもないラーメン屋が、店の回転が悪いとかサクラを仕込んだとか味と関係ない理由で行列を作ることで行列のできるお店として繁盛したりするあれのことだ。

釣られて行列に並んだ結果、いまいちな味のラーメンを食べさせられる客としては良い迷惑だろう。

——僕たちが酷い目に遭ったのも、そんな現象が理由なんじゃなかろうか。

海の家に設置されたテーブルに突っ伏しながら僕が雑学を披露すると、同じテーブルの椅子に背中を預けて疲れ切った顔をしている北条が反応する。

「……つまり、貴様等の頑張りすぎだ！　ってこと？」

言い方はひっかかるがそういうことだ。つまり、お前等が悪い。

「ひどっ⁉」

「今さら私たちにあたられるのは心外だよ」

疲れ切ってやさぐれた僕の発言に東雲が苦笑する。

そんなことはわかっている。

ただ、想定よりもあまりにも理不尽な業務量をこなしたことによる疲労感から、何かのせいにしないとやっていられなかったのである。

「むしろ今の言葉はボクたちの見た目が良すぎる事を肯定していると取ってもいいのかな？　ん？」

翻って西園寺のやつはまだ長々と減らず口を叩く余裕があるらしい。

そうだな。何もかもお前等の見た目が良いのが全部悪い。

「……、……そこは突っ込んでくれないとやりづらいな」

返しの台詞を考えるのも億劫になっている僕が西園寺に投げやりな返答をすると、西園寺は鼻白んだ様子でそう呟いた。

こっちは休憩なしで延々と焼きそばを作らされたのだ。立ちっぱなしなだけでも辛いのに、熱した鉄板の前に居続けるのはまさに地獄にいるかのようだった。

「わたしも野菜切り続けたせいで腕がぱんぱんです……」

七野ちゃんがそう言いつつ腕をもみほぐしている。八重さんに至ってはひとこともしゃべらずテーブルに突っ伏したまま顔を上げない。かき氷作りが手動だったのは引きこもりには致命的だったようだ。マウスより重い物を滅多に持たないと豪語する八重さんなら仕方ないのかもしれない。

「あたしたちだって接客頑張ったもん！」

北条が身を乗り出して自分たちの努力を声高に主張する。

いや、努力は認めるんだよ。努力は。

あれだけの数の客を働き通しかつ三人だけで捌ききったんだから怠けているなんて口が裂けても言えない。

ただ、三人が頑張れば頑張るほど客が増えるという矛盾した状況が発生したというだけで……。

九子さんはお店の状況をキャバクラに例えたが、客側も似たような理解を示したようで三人に話しかけるやからが続出した。

店があまりにも忙しいので三人は適当に流していたし、たいていそれで問題なかった。中には酒に酔ったおっさんだとか、強引に会話に持ち込もうとするチャラいのとかがいたが、すべて九子さんの一睨みで撃退されている。どんな人生を歩んできたらあんな眼力ができるようになるのかは恐くて聞けない。

そしてやはり一番の問題児は北条だった。北条があっちへこっちへ動けば動くほど（主に一部分に）視線を集め、それを拝むためだけに九子さんに睨まれるのを顧みず粘り続ける客が多発し回転率を著しく下げたので、後半はテイクアウトのレジに固定しなければならなかった。

それでも握手会よろしく商品を受け取った際に二言三言会話をし、再度並び直す人がいるのを発見したときは流石に乾いた笑いしか出なかったが。

こんな有様でセクハラ事案やもめ事が起こらなかったのは幸いだった。居酒屋と違って長居できる環境でもなかったし、九子さんが目を光らせていたのも良かったのだろう。

お陰で無心になって延々と店を回すことができたというものだ。

……考えてみると、もっと客に長居してもらった方が業務的には楽ができたかもしれない。

「お嬢ちゃん達は悪くないさね。むしろ良くやってくれたよ。あたしが色々と見誤ったのが悪いのさ。夜まで店開いても材料を余らせるぐらいのつもりで準備してたんだが、まさか昼過ぎまでですべて売りさばいちまうとはねえ……。ああ、そうだ。これだけ頑張ってくれたんだから、お給金ははずまないといけないね。期待しといておくれ」

「ホントですか⁉　やったあ！」

九子さんからの労りの言葉と追加報酬に、不満げだった表情を喜色満面に変える北条。

他の面々は現金な北条に苦笑しつつも、追加報酬に悪い気はしていないようだ。

……このバイトが家賃値下げのためのノルマでしかないためありがた味の薄い僕と、配信者としてそれなりに金銭収入があるらしく追加報酬に魅力を感じていない様子の八重さんは真顔のままだったけれど。

まあ、現ナマが手に入る喜びは無いが、バイト一回分ぐらいは免除してもらえるだろう。

八重さんは家の稼業ということで諦めるしかないかもしれないが。

「さあて。夕方まで働いて、花火を見てから帰るつもりだったけど時間が空いちまったね。せっかくだから海で遊んできたらどうだい？　店仕舞いはあたしがやっておくからさ」

「そんなのひとりでやらせられないよ。わたしも手伝う」

「ありがたいお話ですが、それなら皆で片付けてからでも遅くないのでは？」

九子さんの提案に七野ちゃんと東雲から異論が出るが、九子さんは笑って頭を横に振った。

「いいんだよ。せっかく海に来たんだ、若いもんは遊んでな。あたしは予想以上に忙しくてくたびれたからゆっくりしたいし、なによりこれから収支計算（お楽しみ）が待ってるからねえ」

あくどい笑みを浮かべる九子さんに皆が苦笑するが、八重さんだけが興味なさげというかぐったりした様子で異を唱える。

「私はパスだな。ただでさえ普段使わない体力使って疲れてるのに、クソ暑い外で動き回ったら干上がっちまう」

相変わらずの徹底した引きこもり気質（きしつ）である。まあ喜び勇んで海に走って行かれても反応に困るけれど。

「あんたそんなこと言って閉じこもってばかりじゃないか。たまにはお天道様の光を浴びないと不健康だよ。それに、これから店仕舞いするんだからあんたがいたら邪魔さね」

「知らねえよ。稼業の方はもう終わりなんだろ？　それならもうばばあの言葉に従う義理はないね。それに、自分の休憩場所ぐらい自分で片付けて確保するわ」

「……ふん。勝手にしな」

……何やらツンとツンのぶつかり合いみたいな小っ恥ずかしいものを見せつけられた気がするが、これも八重さんなりの親？孝行ということか。会話をすると言葉づかいが荒くなるふたりだが、なんだかんだでお互い気にかけているのだろう。

九子さんは八重さんの配信をけっこう追いかけているし、荷運びでへばった八重さんを僕に運ばせて休ませていた。八重さんも普段はそんなそぶりを見せないが、こういう行動に出るぐらいだから悪くは思ってないはずだ。

「……やっぱりわたしも残って片付けるよ」

そんなふたりのやり取りを見ていた七野ちゃんがそう名乗りでる。

「七野は気にしないでいいんだよ。あたしとこの行き遅れがいれば十分さ」

「おいこら。何十年前の常識で話してるんだよ。二十四はまだぴちぴちだっつーの」

「ぴちぴちなんて死語使う女が若者ぶってるんじゃないよ」

七野ちゃんはしょうもないことで言い合いを始めるふたりを見てくすりと微笑(ほほえ)むと、僕らの方を振り返る。

「そういうわけですので、みなさんは遊んできてください。こっちのことは気にしなくて大丈夫なので」

「せっかくの一家団欒を邪魔するわけにもいかないか。それじゃあボクたちは遠慮なく」

西園寺が苦笑しながらも七野ちゃんの言葉に頷き、北条、東雲と連れ立って店を出て行く。

……僕としては立ちっぱなしで疲れたし遊ぶよりもここに残ってゆっくりしたいのだが、話の流れ的にそうはいかないか。

「それ。お前さんも早くお行き。男だったら番犬の役割ぐらいしてきたらどうだい」

番犬て……。

いやまあ、やつらがナンパされて喜ぶタイプとは思わないし、近くにいるだけで男避けになるというなら別にかまわないのだが。

そもそもやつらはそういうの慣れてそうだし、わざわざそんなことしなくとも適当にあしらうんじゃないかという気がしなくもない。

「馬鹿言うんじゃないよ。慣れているのとされてどう思うかは別問題だろうが。それにしつこいやつは本当にしつこいからね。店ではあたしが睨みをきかせりゃ良かったが、外ではそうはいかないだろうよ」

そう言われると確かにそうかもしれない。

バイトの最中もそういったやり取りの一端を垣間見たが、相手が仕事中だとか忙しいとか、そういうことに頓着しない人間は世の中それなりにいるらしいのだ。

　そんな姿勢でよくナンパが成功すると思えるなと感心するが、僕がそういう機微に疎いからそう思うだけで、もしかしたら実績あるが故の行動なのだろうか。

「……それに、今回はあの子ら、特に北条って子には悪いことをしちまったからねえ。せめて最後はいい思い出にしてほしいのさ」

　僕がナンパの戦術論に思いをはせていると、九子さんがつぶやくようにそんなことをのたまった。

　悪いこと？

　確かに今回のバイトは忙しかったし、ちょっと面倒なのに絡まれたかもしれないが、あいつらは上手（うま）いことあしらっていたように見える。総合的にみてやつらはそんなに悪く思っていないと思うのだが。

　北条なんかは臨時収入が入って大喜びしていたはずだし。

　首を傾（かし）げる僕を見て、九子さんが大袈裟（おおげさ）にため息を吐いた。

「お前さん本当に人の事を見ないやつだね。あんだけ粉かけられることのどこがちょっとなのさ。確かに他のふたりはその辺ちゃんとしてたけど、北条の嬢ちゃんは上手いことあしらえてなかったじゃないか」

……なんと？

僕が思わず後ろの八重さんと七野ちゃんに視線を向けると、ふたりは呆れた目でこちらを見ていた。八重さんについてはどうでもいいが、七野ちゃんにまでそんな目をされるのは地味にショックだ。

確かに人目を引く三人の中でも一際衆目を集める、というか男ウケする見た目をしている。レジで握手会よろしく列を作ったのも北条ではある。そもそもやつはバイト先をクラッシュしたという輝かしい前歴の持ち主でもあるのだ。

だが、僕が見ている範囲では他のふたりと比べて北条が特別対応が悪いとは思わなかった。むしろ客に愛想良く応対しているぐらいだと思っていたのだが。

コミュ障っぷりで言えばどちらかというと西園寺のがこじらせている。先日のサークル合宿で何とか文芸サークルの面々とは日常的にしゃべれるようにはなったが、それでも心配されるべきはやつの方じゃないだろうか。

……しかし、それも結局コミュ力の足りない僕の予測に過ぎない。周囲に目を配っていた九子さんだけでなく、僕と同じく厨房でひいこら言っていたふたりがそう感じているというなら、どちらに分があるかは考えるまでもない。

僕が鉄板に集中していたのがいけないのか、あるいは僕が男であるからそういった部分に目がいかなかったのか。

――あるいは、僕が普通の人に比べて他人に気をかけなさ過ぎるのか。

「あの子は人当たりがいい。それは間違いなく美点だけどねえ。場合によっては短所にもなり得る。こんなに人が大勢いる場所だ、問題ないとは思うが注意するにこしたこたあない。とにかくできるだけあの子の近くにいてやりな。何もなければいいけど、どんな面倒があるかわからないからね」

ほれ早く行け、としっしと手を振る九子さんに従って僕は店を出る。

三人は律儀にも店の前で僕のことを待っていた。

「ちょっと、遅いわよ！　そこの店で浮き輪のレンタルとかやってるみたいだから、借りていきましょ！　レンタル代はみんなで割り勘ね～」

表に浮き輪とかボートとかを並べた店を指で指し示している北条を、僕はついまじまじと見つめる。

パチンコにしろオタ活にしろ、どちらかというとインドア気質な北条だが海で遊ぶことが余程楽しみなのか、労働の疲れなど吹っ飛んだかのような様子で満面の笑みを浮かべている。九子さんが言うように嫌な思いをした後のようには見えなかった。

……僕なんかには他人の内面を見通すことなんてとてもできないのだけれど。

「おやおや、どうやら彼はナツの身体に釘付けらしい。朴念仁でもこのぼでぇの魅力には抗いがたいらしいなあ？　ん？」

「やっぱり大きいは正義ってことかな？」

　そんな僕の様子を見て西園寺と東雲がすぐさま悪乗りしてくる。確かに北条の事を見ていたのは事実だが、身体が目当てと思われるのは本意ではない。

　しかし、思っていたことをそのまま説明するのもなんとなくはばかられて、浮き輪なんて借りても北条がちゃんと使えるのか考えていたのだと、別の言い訳を口にする。

「流石にデカいやつを借りれば問題ないっての！　……駄目そうならボート型のやつにすればいいし」

　なんでそこでちょっと自信なさげなんだよ。いくらなんでも無いわけないだろうが。

……流石にあるよね？

「一番大きなサイズを借りれば大丈夫じゃないかな。みんなで使うならそっちの方が都合がいいと思うけど」

「いや、浮き輪なんかもサイズを間違えると水難事故の元になるって聞いたことがある。ナツにぴったりのサイズを選んだ方がいいんじゃないかな。小さいやつから順に試していこう」

それならどうせ小さいのはだいたい入らないだろうし、大きい方から試せばいいんじゃないだろうか。

「そんな選び方したら浮き輪につっかえるパイが拝めないじゃないか！」

パイて……。

まあ、その辺りはちょうど良さげなのが選べれば選定方法はどうでもいい。強いて言えば波にさらわれても引っ張れるように取っ手がついたやつがあればぐらいだろう。

「ん？　今なんでもいいって？」

ただ浮き輪選ぶだけでその詰められ方することある……？

「それは店のラインナップ次第だね。浮き輪と言ってもいろんな種類があるから」

「それじゃあ、ピンクで花柄でビラビラっぽいの付いててラメ入ってキラキラしたやつ選びましょ！　こいつに使わせたら面白い絵面になりそうじゃない？」

「不満そうな顔した彼がそんな浮き輪使ってたらシュールだね。インスタ映えしそう」

それはどう考えても映えない。

そもそもそういう浮き輪は子供向けサイズにしか無いだろう。それにちょっとピンクっぽいぐらいな柄の浮き輪だったら僕は躊躇（ちゅうちょ）することなく使える。

「それなら君が使ってて恥ずかしくなるような浮き輪を探してこようじゃないか。その辺の店をはしごすればそういう浮き輪に巡り会えるかもしれない」

「こうなるとなんとかこいつが嫌がりそうな浮き輪を見つけたいわよね～」

西園寺と北条は変な方向に気合いを入れると連れだって店に向かって歩き始める。

たかが浮き輪選びにどれだけ時間をかけるつもりなのだろうか、あいつらは……。遊んでいられる時間もそこまで長くはないというのに。

「まあまあいいじゃない。そういう所も含めて楽しむものでしょ、こういうのって。ほら、私たちも行こう」

東雲はそう言って小さく微笑むと、ふたりを追いかけていく。

僕としては自分が辱めを受けるために時間を使われるのを楽しめるかと言えば否なのだが……。

まあ、楽しめるやつがいるのなら別にいいか。

とにかく、あいつらから目を離している隙に余計なトラブルを起こされると僕が九子さんから大目玉を食らうことは間違いない。僕が酷(ひど)い目に遭う未来を回避するためにせいぜい番犬としてやつらの近くに侍(はべ)るとしよう。

＊

「うっひゃっひゃっひゃっひゃっひゃっひゃ！」

浮き輪をつけて棒立ちする僕を見て、北条は大爆笑した。

「ふっ、くく……。よ、良かったじゃないか。そんなご立派なモノを持てて……。それならどんな女でもイチコロだよ。くふっ」

「これは……。思った以上にデカいね」

西園寺は笑いをこらえながらも僕の姿をそう評し、東雲は珍しく声を震わせつつコメントした。

ご好評頂けたようでなによりである。

笑いながらも、色がどうとか先端の傾き具合がどうとか、僕が身につけている浮き輪についてしょうもない論評をしている三人を僕は諦観と共に眺めることしかできない。

……その眺めることも目の前の物体が邪魔をして上手くできないのだけれど。

僕が使って面白おかしくなりそうな浮き輪探しという意味の分からない行程は、注文通りの品があっさり見つかったことでさくっと完了した。

その浮き輪はほぼ真っ白で、そこだけ見ればたいしておかしな要素はない。僕の視界を遮るほど大きな白鳥の首を無視すればの話であるが。

作ったメーカーはなんでこんなでかい首を付けたんだよ……。普通に邪魔だろうこんなの……。

僕も半ば自棄（やけ）になって浮き輪を腰の辺りで保持しているため、傍（はた）から見れば僕の股間から白鳥の首が突き出ているように見えなくもないだろう。こういう下ネタっぽいのに過剰反応しちゃう残念なお年頃の三人には大受けである。

サービス精神を発揮して腰を揺らすと、白鳥の首もゆらゆらと揺れる。それを見た北条は腹を抱えてうずくまり、西園寺は耐えきれずに吹き出す。東雲もついに耐えきれなくなったのか顔を逸らして肩を震わせた。

ここまでやっておいてなんだが、僕としてもまさかたかが浮き輪でこんな辱めを受けるとは思わなかった。内輪で笑われる分には許容できるし、他人からどう見られようと別にかまわないが、知り合いに晒されるのはつらい。せめてこの絵面が出回らないようにだけ言い含めておかねばなるまい。

「いや〜笑った笑った。それじゃあ早速海に突入しましょうか！」

「待つんだナツ」

笑いすぎて目元からこぼれた涙を拭いながらの北条の言葉に西園寺が待ったをかける。

「先に日焼け止めを塗りなおしておいた方がいい」

「ああ、そうね。りょーかいりょーかい」

日焼け止め？

確か朝水着に着替えたときに塗っていたような気がするのだが。

「日焼け止めなんて大体二時間ぐらいしか効果がないからね。仕事中は忙しすぎて塗り直す暇がなかったけど、外で遊ぶなら塗り直しておかないと」

そうなのか。今までの人生で日焼け止めを塗るなんてことをしたことがなかったので、てっきり一日ぐらい持つのかと思っていたのだが。

「流石（さすが）にそんな長持ちはしないさ。それに日に焼けるほどの直射日光の中にそんな長時間いることもないだろうしね。……さて、ここはひとつ皆で仲良く塗り合いっこを――」

「シノちゃん背中お願い～」

「はいはい。代わりに私の背中もよろしくね」

下卑た表情で手をわきわきさせる西園寺を尻目に、北条と東雲はふたりで塗り合いを始める。スルーされた西園寺は寂しそうに手をわきわきさせている。

お前朝も同じ流れでひとり寂しく日焼け止め塗ってたじゃん……。

「まあいい、今は好感度をもっと稼ぐ時期だ。お楽しみは後々にとっておくとしよう。……仕方がない。ちょっと手伝ってくれ」

西園寺はたぶん叶わぬ夢を口にしてから、僕に日焼け止めを渡してくる。

……っておい。

つい受け取ってしまったが、これは僕に背中を塗れということか。朝だって自分で塗ったんだから、今回もわざわざ僕を使わないで自分でやればよかろうに。

「自分でやるとしっかり塗れないからね。屋内で働いてる分にはいいけど、外にいるのにそれじゃあいただけないよ。まあ、ちょっとぐらい手が滑ってあらぬ所に手がいっても怒らな――」

おっと手が滑った。

「あだだだだだだ!! か、肩は自分で塗れるっていうか君まだ日焼け止め付けてな、ぐあああああっ!!」

お客さん凝ってますねえ。もっと運動したら？

「ぐううっ！ あ、あいにくとナツほどじゃないが荷物が重くてね……。体力は関係ないのさ。と、というか早いとこちゃんと塗ってくれ！」

いや、重いものをお持ちなら尚更筋トレとかするべきじゃなかろうか、という所感は口に出さずに肩に添えた手を外すと、ちゃんと日焼け止めを塗ってやる。

あまり躊躇してもからかいの種になるだけでいいことはない。無駄にためらったりせずささっと塗ってしまうのが一番なのだ。

できるだけ柔らかな肌の感触を意識しないようにしつつ西園寺の手が届かなそうな部分に日焼け止めを塗りたくる。

「……んっ」

焦って強く手を押しつけたせいか小さく声を上げる西園寺。心臓に悪いのでそういう声を出さないでほしい。

冷や汗をかきつつもなんとか最低限の部分を塗り終わり、後は自分でやれと西園寺に日焼け止めを突っ返す。

受け取った西園寺が無言のまま僕が塗った背中を気にするので非常に気まずい沈黙が流れる。塗れと言ったのは西園寺なのにこれはずるいだろう……。

「……ありがとう。そうだ、お礼に君にも日焼け止めを塗ってあげよう。ちょっとサービスし過ぎな気もするが、なあに君とボクの仲だ。これぐらいの事は問題ない」

ようやく口を開いた西園寺が、何を思ってか急にそんなことを言いながら日焼け止めを手にしてじりじりと近づいてきたので僕はなりふり構わず逃走した。

西園寺はそれを見て無言で追いかけてくる。

……結局人混みの中で速度が出せなかった僕は西園寺に捕まり、きっちりとお礼参りを受けた。

＊

……それにしても、暑い。

鉄板の前とはまた違う真夏の直射日光にうんざりする。

西園寺によって嫌というほど日焼け止めを塗りたくられたためこの後日焼けに苦しむ心配はあまりないのだが、インドア人間にとって陽射し（ひざ）しというのは大敵だ。八重さんなんかが気まぐれに店から出てきていたら即座に干上がっていただろう。

そんな厳しい陽射しの中、僕は北条が飽きて放り出した白鳥の浮き輪を身につけて日光をやり過ごしていた。海に身体を沈めている間は日光の熱から逃れられるのだ。肩から上は必要経費と諦めるしかない。とにかく、やつらが遊び飽きて海の家に帰るまでの辛抱である。

僕は波に揺られながらも、時折近くで戯れている西園寺と北条に視線を向けて様子を確認する。

ふたりは足が余裕でつくぐらいの位置でちょっと泳いでみたり、波に挑んでみたり海水をかけあったりと、実に海らしい遊びをしている。どちらも楽しげであるのだが、顔がだらしなく緩んでいる西園寺は間違いなく真っ当な楽しみ方をしていない。

あまり見過ぎるとどんな因縁を付けられるかわからないのでやりたくないのだが、やつらが変なのに絡まれたときにはフォローしなければならないのだ。

余計なお世話な気もするし僕が介入したところで大したことはできないが、後で事が知れたときに九子さんからしばかれるのは勘弁願いたいのである。

「そんな見てばかりじゃなくて、自分も交ざればいいのに」

交ざらない。

何かが浮き輪にぶつかる感覚と共に背後から声がして思わず発した否定の言葉と共に振り向くと、東雲が浮き輪に摑まっていた。インドア集団な僕たちの中で無駄に運動能力の高い東雲は、僕たちに遠泳への同行を当然のように断られひとり寂しく海へ消えていったのだが、珍しく息が上がっているところを見るに本当にそこらを泳ぎ回っていたらしい。

高校時代までボクササイズをたしなんでいたという話だが、受験期間のブランクも有るうえ大学に入ってからも特に運動らしい運動をしている様子もないのに、よくそんな元気がありあまっているものだ。

「体力はそれなりに落ちたけど、なんだかんだで長いこと続けてたからね。過去の貯金が残ってるんだよ」

そんなものか。今までそんなに運動に積極的でなかった僕にはわからない感覚だ。それなら大学でも続ければいいのに、とは言わない。北条みたいにわざわざ余計な地雷(ネタ)を踏むつもりはないのだ。

まあそれだけ元気があるのなら、僕じゃなくて東雲があそこに交ざってくればいい。僕は余計な体力を使わず白鳥と共に波に揺られている方がいい。

僕の言葉に素直に頷(うなず)くかと思われた東雲は、しかし微妙な反応だ。

「ううん、それも悪くはないんだけど……」

東雲の視線は、この白鳥の浮き輪に注がれているようだった。どうやらこの浮き輪にご執心であるらしい。やはり疲れが残っているのだろうか。

そういうことなら仕方がない。別にこの浮き輪を独り占めしようなんてことは考えていないので、東雲が使いたいなら引き渡してもかまわない。

「いや、むしろそのままでいてもらった方がいいかな。……ちょっと失礼するね」

そう言って東雲は一度海中に潜ると、浮き輪の下からくぐるようにして僕のいる内側に無理矢理(むりやり)入ってくる。

大きなサイズといっても所詮ひとり用なので、輪の内側はぎゅうぎゅう詰めになった。

スタイルの良い東雲とひょろひょろな僕でも背中同士がほぼくっつくぐらいには狭い。

おい！　と抗議の声を上げる僕におざなりな返事をしながら、東雲はなにやら身体を上げ下げしている。滑らかな東雲の背中が僕の背中に擦れて変な気分になりそうなのでマジでやめてほしい。

「……うん、これぐらいかな」

どうやら満足したらしく動きを止める東雲に対し、僕はこの謎な行動の理由を糺した。

西園寺や北条はわかりやすい性格をしているので行動パターンを読みやすいのだが、東雲は一番まともで社交的なくせに時々行動の意図が読めない事がある。

真後ろにいる東雲の表情はわからないが、恐らくいつも通りの表情でやつは語り始める。

「実は、海に来たら一度やってみたかったことがあるんだけど……」

何をやってみたいのかは知らないがこの突飛な行動に関連する願望が皆目見当つかなかった。

珍しく無駄にもったいぶっている東雲に、いつもより余裕のない僕は焦れて先を促す。

「物語のシチュエーションで、裸で海を泳ぎ回ったりすることあるでしょ？　実はあれにずっと憧れててね」

ああ……。

思わず頷きそうになったが、慌てて首を振って思考を打ち消す。

確かにやったら開放的な気分になれるかもしれないが、実行するには問題がありすぎる。というか、こんな人混みの中でそんなこと画策していたのかこいつは……。

「いやだなあ、私だってそんな捕まるようなことはしたくないよ。本当は都合のいい岩陰とか、人気のない場所があれば良かったんだけど、流石に探しても見つからなかったね」

……やけに遠泳にこだわっていると思っていたが、それが目的だったらしい。無人の海岸でもあるまいし、そんなスペースが有るわけないだろうに。

「まあそれは諦めたからいいんだ。この浮き輪、真っ白だし材質的に透けなさそうでしょ？」

確かにその通りだが。

……ん？　もしかして、お前まさか？

察した僕が思わず背後を振り返ると、東雲もこちらを向いて微笑んでいる。

「浮き輪で隠すところ隠せば意外といけるんじゃないかなって」

いけるか！

「いや、下半身は海に隠れるわけだし、胸だけ上手く隠せればなんとかなるんじゃないかな。ひとりで浮き輪に入ったら隙間から見えちゃうかもしれないけど、こうやってふたりで入ってたら隙間が無くなっていい感じじゃない？」

思わず声を荒らげる僕に、東雲は本気とも冗談ともつかない顔で自らのがばがば理論を並べ立てる。本気だとしたら、何が東雲をここまで駆り立てているのか僕にはさっぱりわからない。

そもそも、東雲の理論でいけば真っ裸で泳いでいる東雲に誰かが同伴しなければならないのだ。誰を同伴するにしても傍迷惑にもほどがある。

「春香や夏希だとたぶんいろいろつっかえて難しいだろうしなあ。良いアイディアだと思うんだけど」

どこにも良いところが見つからないんだよなあ……。

そういう癖は人を巻き込まず、自分だけで楽しんで欲しい。

そう僕は諭すが東雲はまだ諦められないらしく、名残惜し気な表情をしている。

「ううん……。今ちょっと試してみるのは――」

ちょっとトイレ行ってくるから浮き輪よろしく。

「あ」

僕は東雲が言い切る前に強引に浮き輪から脱出する。

砂浜に上がって振り返ると東雲がこちらを見ていた。その視線は何となく恨めしげに見える。僕は東雲の意思表示に反応せず、代わりに西園寺たちの方を指し示す。

東雲が肩をすくめてそちらに向かうのを確認してから歩き出す。

トイレに行きたいのは方便だけではないのだ。いや、けしてやましい意味ではなく。

*

用を足してトイレを出るとちょっとした列ができていた。僕が並び始めたときには既にそれなりの行列だったというのに。

本来この海岸には年一回の催しものに集まる人を捌（さば）けるだけのキャパがないのだろう。それでも女子トイレの行列に比べたら万倍マシだろうけど。

ちらりと女子トイレの列を見るとものすごい人数が並んでいる。北条がよく並んでいるパチンコ店の朝一の並びよりも間違いなく多い。これだけの人数を消化するのに何回転必要か、最後尾の人がどれだけ待たされるかを考えるだけで恐ろしい。

あまりじろじろ見て不審者と思われたくないので、視線を切ってさっさと三人がいる辺りに歩きだす。

……が、僕の足はいくらも歩かぬうちに止まってしまった。少し先の方で見慣れた目立つプロポーションをした女を発見したからである。

そしてどうやら見知らぬ男性に話しかけられて、というか絡まれているらしい。

男性は中年、要はおっちゃんと言っていい年頃で、その女――北条に呂律が回らず内容の聞き取れない言葉を僕にも聞こえてくるほど大きな声でまくし立てている。声はでかいのに何言ってるか聞き取れないって逆にすごいな……。

そんなおっちゃんに北条も時折言葉を返しているようだが、その何倍もの量の言葉で返されている有様だった。おっちゃんの顔は明らかに日焼けじゃない理由で赤らんでおり、どこからどう見ても完璧に酔っ払っていた。

恐らく北条はトイレに行くだとか海の家に何かを取りに行くだとかのために単独行動をしたのだと思うが、僕たちのいた場所からトイレまでそれほど距離がなかったはずなのに酔っ払いを引っかけるとはたいした吸引力である。

ふむ、しかし。

北条とおっちゃんのやり取りを遠目に見ていると、九子さんが言っていたことがよく分かる。酔っ払ったおっちゃんが強引なのは間違いないが北条も上手いこと躱すことはできていないようだ。無視するなり周りに助けを求めるなり相応のやり方があるだろうに。

あのままだと外から助けの手が入らないとどうにもならなそうだったが、どうやら周囲に酔っ払いの相手をしてまで助けてくれる奇特な人はいないらしい。まあ、今はおっちゃんもしつこく話しかけているだけで特に事件性が有るわけでもないのだ。僕もこんなことに出くわしたら、事が大きくならない限り手は出したくない。

……絡まれているのが、知り合いじゃない限りは。

僕はため息を吐いてから止めていた足を動かし始める。この場合、流石に無視して観戦とはいかないだろう。

気の重さについのろのろと進み出た僕が声をかけると、疲れた顔をしていた北条の顔がぱっと明るくなり直ぐさま僕の後ろに逃げ込んでくる。

……のは良いのだが、手を握るのは止めてもらえないだろうか。

おそらく僕がパーカーを着ていれば袖でも掴んでいるところだったのだろうが、あいにくと東雲から逃げるようにしてトイレに向かったため海パン一丁だったのでそのようになったのだと思われる。

西園寺にも日焼け止めを塗られたときに嫌というほど触れられたし東雲とも背中同士をくっつけ合ったばかりだが、ただ手と手が触れあっているだけなのにどうにも落ち着かない。

おそらく、いざというときに自由がきかないこの状況がそのような気持ちにさせているのだろう。

　さて、とにかく北条を保護することはできた。後は素直にこのおっちゃんが僕たちを帰してくれるかどうかだが……。とりあえずここは逃げの一手だろう。

　僕はおっちゃんに北条が連れであることを伝えると、返事も聞かずに北条の手を引っ張りながら脇を抜けていこうとした。

　――が、やはりことはそう上手く運ばないらしい。

　おっちゃんはたぶん、おいとか何だとかそういうニュアンスの言葉を発しながら僕の肩を摑んでくる。その力があまりにも強かったので、僕は反射的にその腕を振り払ってしまった。

　まずい、と思ったときにはもう遅い。

　僕に反抗されたおっちゃんは顔を真っ赤にして吠え立ててきた。その言葉は先ほどよりも支離滅裂で、もう何を言っているのかさっぱりわからない。

　こういう手合いに対して穏便に終わらせようとするなら相手を刺激するのは悪手でしかない。向こうはこっちを下に見て舐めてかかっているのだ。年下だからとか強そうに見えないとか、おそらくその程度の理由で。だから北条にも強引に話しかけるし僕がこうして反抗的と取れる態度を見せれば怒りを露わにする。

こうなると謝って済むかどうかも怪しいし、そんなことしてもどれほどの時間拘束されるかなんて見当もつかない。

酔っ払いのおっちゃん相手であるし北条を連れていても走って逃げるのは容易いとは思うが、その場はよくとも後でおっちゃんに見つかったりしたらどうなるかわかったものではなかった。

まったく、どうにも面白いことになったものだ。

正面ではおっちゃんが飽きもせず理解不能な言葉をわめき散らしている。背後ではおっちゃんの怒り具合に萎縮した北条が僕の手をぎゅっと強く握っている。その間で健気に壁になっている僕は、こういうとき小説とかだとその手は震えていたなんて表現が出てくるけれど実際はそんなことないんだな、なんて他人事のように考察していた。

北条の手はどちらかというと不安で強ばっている、という表現の方が適切に思える。やはり死を覚悟するような相手と対峙するなんて事態にならないとだめなのだろうか。

……さて、僕ひとりだけならこのまま相手の気が収まるまで聞き流していてもかまわないのだけれど北条が背後にいる手前そうはいかないだろう。

腕力に訴えるようなフィジカルは僕にはないし、酔っ払い相手に言葉で説得なんてナンセンスもいいところだ。

やはりここは恥も外聞もなく数の力に頼るべく周囲に助けを求めるのが一番だろうか。

周囲の人の数には事欠かないので、本気で助けを求めれば誰かしら動いてくれるだろう。

僕がおっちゃんの話を聞き流しながらそう考えていると、視界の端に西園寺と東雲が映った。僕たちの戻りが遅くて様子を見に来たのだろう、騒ぎの様子に目を見開くのが見える。

丁度いい、やつらが九子さんを呼んでくれればおっちゃんも視線(メンチ)ひとつでダウンするに違いない。

僕はおっちゃんを刺激しないよう密(ひそ)かに指先で僕の後ろ、海の家の方をちょいちょいと指し示した。これで通じてくれるかは微妙な所だったがふたりは納得したように頷き、何事か話をした後に行動を開始した。

西園寺が僕たちの後方に回り込むように動き、東雲は何故(なぜ)かこちらの方に向かってくる。ふたりで九子さんを呼んで来てくれればいいのでこちらへの助勢は必要ないのだが……。

東雲の謎な行動に内心首を捻(ひね)っていると。

――そのとき、不思議なことが起こった。

「ぎゃあ！」

背後で北条が可愛(かわい)げのない悲鳴を上げると、僕の背中に飛びついてくる。

勢いよくぶつかってきた割に衝撃が小さいのは柔らかいクッションが僕と北条の合間に存在したからだろう。いや、それは北条の持ち物なのだけれど。

おっちゃんと東雲の動きに集中していた意識が一気に背中の感触に引き寄せられる。ちょうど左右の肩甲骨の下辺りを中心に、僕では持ち得ない柔らかさを感じる。

おおよその状況は振り返らずとも明らかだった。

僕は思わず前に出て北条から離れようとするが、何故か北条は僕の肩を掴んで拘束し逆に身体を寄せて密着するような体勢を取った。

何故!? と声にならない悲鳴を上げそうになった僕は、感触の違和感に気がつき身体を硬直させた。

背中を圧迫してくるモノから、あるべき感触が伝わってこなかったからである。北条の身を包んでいたはずの布地の感触が。

人肌の温かさと余人が持ち得ぬ弾力に僕の身体中からぶわっと冷や汗が吹き出る。衆人環視の中、僕はいったい何をされているのか。

——しかしその考察に入るよりも先に、目の前で起こった事態に否が応でも釘付けになる。

僕の正面では周囲の人々と同じようにおっちゃんが目を見開いて、僕というか僕の後ろに目をやっている。おそらく僕以外の衆目はすべて同じ箇所に集まっているのだろう。

そんな中、おっちゃんの横にいつの間にか東雲が立っていた。普通に歩いて近づいただけだろうが、ほぼ背中に意識がいっていたせいで気がつかなかったのだろう。

誰もが、それこそおっちゃんすら東雲を意識していない中、やつはおもむろに両腕を持ち上げ左足を一歩前に踏み出す。テレビで時々見るボクシングの試合で、ボクサーがとるファイティングポーズというやつだ。

東雲はそのまま重心を前に倒すと、身体を捻りながら小さく弧を描くように握りこまれた右手を突き出した。

無駄のないシャープな動きで突き出されたその右腕はおっちゃんのあごの先をかすめるように小突いた。

突然の衝撃に驚いた表情をしながら一歩たたらを踏んだおっちゃんは、そのまま頭をふらふら揺らしたと思ったら崩れ落ちるようにして倒れ込んでしまった。

「大丈夫ですか？」

下手人である東雲は、おっちゃんが頭をぶつけないように支えながら素知らぬ顔で声をかけている。

おっちゃんの様子に気がついた衆人の一部が声を上げながらおっちゃんの周囲に集まっ

ていく。誰もおっちゃんを介抱している女が下手人とは思っていない様子だった。

何がなんだかわからぬ状況に思考停止して立ちつくしていると、背後から北条が声をかけてくる。

「ご、ごめん、ちょっと水着が……」

その言葉に僕は現実に立ち返る。

おっちゃんは東雲によって密かにノックアウトされてしまったが、僕と北条のとんでもねえ状況はなんら改善していないのだ。

背中の感触に気がいきすぎてまとまらない思考でなんとかかんとか状況を整理すると、どうやら北条の水着がほどけてしまいとっさに胸を隠すために僕にくっついたということらしい。

そんなことするよりも、手で隠した方が早いし確実だったろうに。

「だ、だって、あんたの手え握ってたから間に合わなかったんだもん……！」

いやまあそうかもしれないけれど……。

「はいはい。バスタオルを持ってきたから、これを使いなよ」

そのとき、背後から西園寺の声が聞こえた。数瞬の後、北条の身体が僕から離れていく。

振り返ると、上半身にバスタオルを巻いた北条が目の前に立っていて一瞬硬直する。北条

は北条で流石に気まずいのか気恥ずかしいのか僕と目が合うとすっと逸らした。

「その……。あ、ありがとね？」

取り繕うように感謝の言葉を口にする北条。

別にその辺は気にしていないのだが、僕も曖昧に頷くことしかできない。

客観的に見て僕自身に罪がないとはいえ、僕の方が気にするなと言う訳にはいかないだろう。流石に。

「ああ〜……。と、とりあえず水着直してくるね？」

そう言って僕に背を向け海の家に向かう北条。西園寺も苦笑しながら北条についていく。

それを見送ってから再度振り返ると、ノックアウトされたおっちゃんががたいの良い男性ふたりに運ばれていくところだった。酔っ払いとして救護室にでも放り込まれるのだろう。

それを見送っていた東雲が僕の視線に気がついてピースサインを見せつけてくる。ここころなしかいつも通りな表情がどやっているような気がする。

僕はため息を吐くと視線を海に転じた。

……とりあえず、いろいろと冷やすために海に入ろうと思う。

＊

「いやあ、それにしても大活躍だったじゃないか。少しは見直したよ」

スイカを片手に隣に座った西園寺が、僕の方を覗き込むようにしながらいやらしい笑みを浮かべている。

僕は西園寺を視界の隅に捉えつつも、渋面のまま打ち上げられた花火を眺めている。

「そうだね。ああいうときに矢面に立つなんて中々できないと思うよ」

反対側から東雲が西園寺の言葉に賛同する。西園寺は明らかにからかい半分であるが、東雲の表情や声音からは本気で言っているのかからかっているのかまったくわからない。

そもそも別に褒められたくてやったことでもないし、事態を解決したのは僕じゃない。

というか、ボクササイズ教室に通っていただけにしては人を殴り慣れていないかとか、なんであんなことをしたのかとか、お前等には聞きたいことがたくさんあるのだが。

「あんなのは大したことじゃないよ。ジムでちょっと教わっただけで」

ちょっと教わっただけであんな器用に大の男を沈められるのだろうか……。

「まあそれはいいじゃない。ぱっと見た感じあのおじさんも相当酔ってたし、時間をかけてたら君と夏希に何するかわからなかったからね。一番早い方法を選んだんだ」

いやまあ確かに問答無用で手っ取り早かったかもしれないが……。まあそっちはこの際いい。ただ、注目を集めるなら何も北条にあんな羞恥プレイをさせなくてもやりようはあっただろう。

僕が西園寺を見ると、やつはとぼけてみせる。

「おや、ボクが何かしたような口ぶりじゃないか。見てもいないのに酷い言い草だ」

あんな都合よく水着のひもがほどけるかよ。どう考えても下手人は西園寺だろう。

「バレたか。ナツ本人に気取られないすばらしい仕事だったと自負しているんだが」

それは北条がお馬鹿さんなだけだろう。状況を考えれば明らかだろうに。

「お馬鹿さんは酷いような……。まあいいか。いやね、本当はすぐにバスタオルをかけるつもりだったんだよ。ナツの悲鳴とバスタオルでポロリを隠している状況だけでも十分衆目を集めるだろうからね。まさか君に飛びついて隠すとは思わなかったんだ」

そう言って肩をすくめる西園寺は、ふてぶてしくも続ける。

「それに、君もいい思いをできたじゃないか。有りそうでなかった生乳の感触は刺激的だっただろう？　まったく小憎らしいね」

なにが小憎らしいのかは知らないが、刺激的で済ませられるか。お陰でこっちは北条とめちゃくちゃ気まずいのだ。

ちらりと北条の方を盗み見ると、やつは七野ちゃんと一緒に長椅子の上に立って花火観賞をしている。はしゃぐ姿はいつも通りに見えるが、僕と北条はトラブルの後からろくに会話をしていない。

「……それは、正直すまなかった。ボクもちょっと自分の欲望に素直になりすぎたよ。後でナツにも謝ってとりなしておく」

流石の西園寺もふざけた態度を止めて頭を下げる。

いやまあ、北条にしっかり謝罪するなら僕についてはどうでもいい。

ただ、今後北条と気まずくなるのだけが非常にめんどくさいだけである。

「その辺は難しく考えなくてもいいと思う。君もいつも通りに接していれば大丈夫だよ」

東雲がそんな言葉をかけてくる。

なんだかんだでうちでコミュ力最高値の東雲が言うのであればその通りにするが……。

いつも通りに振る舞うこと自体はわけないのだが、内心まで気にせずに過ごせるほど僕は図太くない。喉元過ぎればということでしばらくすれば落ち着くかもしれないが、しばらく気疲れする日々が続きそうである。

……とりあえず今は、花火を見て今後の現実から目を逸らそうと思う。

四章　喜び(勝ち)も悲しみ(負け)も共に

海の家でバイトをしてから数日。

僕は残りいくらもない夏休みを嚙(か)みしめながら怠惰に日々を過ごしていた。

相変わらず部屋に入り浸るやつらがいるので孤独で豊かな暮らしとは言えないが、それなりに充実した休暇を……とは正直なところなっていない。

海の家での一件以降、北条(ほうじょう)との関係がどことなく気まずいままなのである。

バイトの帰りに西園寺(さいおんじ)がポロリさせた件を謝罪して僕のことを取りなし、北条もそれをあっさりと許したのでそれで形式上は一件落着と相成ったのだが……。

本人も表面上はいつも通り振る舞っているし僕とも話したりしているのだが、どうにも会話がぎこちない。何だか以前の北条らしくないというか、どことなく押しが弱いというか……。

被害者であるはずの僕の方もおいしい思いをしているためになんとなく遠慮があって実にやりづらい。

僕たちの会話を見ていた西園寺曰(いわ)く、何だかお互い相手が望んでないだろうと勘違いして無駄に気をつかい合っているお見合いを見ているみたいとのこと。

無駄に具体的で、実に納得のいかない表現である。

そんな感じでこの数日ぎこちなく過ごすハメになっていたのだが、この状況を憂慮していたそもそもの元凶である西園寺が動いた。

「……というわけで今度また、才藤さんたちと遊園地に遊びに行くことになっているんだ。この前はナツは不参加だったけれど、今度はどうかなと思って」

事前に西園寺と東雲に聞いた話では、北条の気分転換を図るために遊びに連れて行こうということで西園寺が慣れないコミュニケーションを駆使してセッティングしたらしい。

元々日取りを決めて行きたいねと皆で話はしていたというが、何だか感慨深さを感じてしまう。

「ホント？　それならあたしもお邪魔しちゃおっかな〜。ハルちゃんとシノちゃんの友達にも興味あったし！　それで、いつ行くことになってるの？」

西園寺の提案に、北条はいつも通りのノリで了承した。

「良かった。日程的には今度の日曜日なんだけれど……」

西園寺が安堵した様子を見せつつも日程を提示すると、それまで笑みを浮かべていた北条の顔が途端に曇った。

「あ……」

「……何か都合の悪い日だったかい？」

「ええっと、その……」

一転して遠慮がちに問うた西園寺に、こちらも困った表情の北条が何故かこちらにちらりと視線を向けてくる。僕と視線が合うと、北条は一瞬気まずげな表情をしてさっと視線を逸らした。

表情の理由はともかくなんでこちらを向いたのかと内心疑問に思っていたのだが、その答えにはすぐに思い至った。

その日は僕が北条と約束したパチンコのイベント日だったのである。

事前に約束していた話ではあるし、北条自身楽しみにしていた様子だったので逡巡するのも無理はない。僕としては気まずい雰囲気のまま遊びに行っても仕方あるまいと思っていたし、僕とのパチンコなんかよりも皆で楽しく遊んできた方が良いと思うが。

そういうわけで僕は西園寺と東雲に事情を説明しつつ、北条にそちらを優先して良いということを伝える。

「う、ううん……」

てっきり北条は僕の後押しですぐさま遊園地に行く方を選ぶと思ったのだが、未だに思い悩んでいる様子。

そこまで気にしなくても良いのにと思って北条を見ていると、北条が何やらぶつぶつとつぶやいていることに気がついた。僕と他ふたりは顔を見合わせてから、北条から漏れる声に耳を澄ませてみる。

「しゅ、周年イベント……銀玉じゃらじゃら……諭吉がっぽがぽ……」

……。

「……」

「……」

あまりにも欲望ダダ漏れな懊悩(おうのう)だった。

北条……お前、それで良いのかよ……。

自分の努力とパチンコを天秤(てんびん)に掛けられた西園寺はなんとも言えない顔をしている。が、本来の目的が北条のためだということを思いだしたのか、気を取り直した様子で悩める北条に声を掛けた。

「ナツ。彼との約束があるならそっちの方に行っておくれよ。そのイベントっていうのは一年に一回しかないんだろう？　遊園地に行くのなんてまた日を改めても良いんだから」

裏の努力を滲(にじ)ませない西園寺の言葉に北条は一瞬顔を輝かせ、その後慌てて取り繕うように申し訳なさそうな顔をした。

「そ、そう？　そしたらそうさせてもらおうかな……。ご、ごめんね、ハルちゃん」

「良いんだよ。また大勝ちしたらパーティーを開こう」

「うん！　そしたら今度こそジンギスカンパーティーね！」

僕が北条の声が明るくなったことに安堵すれば良いのか、再び迫る焼き肉——それもジンギスカンの臭いに恐れおののけばいいのかわからずにいると、東雲がこそりと話しかけてくる。

「こうなってくると君の責任は重大だね。私たちは手伝えないけれど、頑張って夏希(なつき)とのよりを戻してね」

人聞きの悪い言い方をするんじゃないよ……。

僕はため息と共にそう突っ込みを入れた。

＊

「いや〜、ついにこの日がやって来たわね！」

朝っぱらから北条のご機嫌な声が響き渡る。

このお店で一年に一度のイベント、しかも休日だということでけっこうな人が並んでいるが、そんな大人数の中でも北条は一番元気そうである。

この並びは入場順番を決める抽選の列でしかないということらしく抽選が終わったらまたしばらく外で待機していなければいけないし、その後この大人数の中で抽選番号順で並び直さなければならないしでもう考えるだけで気落ちするような状況なのだが、よくもまあテンションが保てるものだ。

僕なんかもう抽選開始前の今の時点で心がくじけそうだというのに。

自販機で買ったコーヒーで眠気を覚ましながらぼやく僕に、北条が呆れた様子で首を振る。

「あのねえ。戦いはこれからが本番なのよ？　今からそんなんじゃ先が思いやられるわ」

並びのしんどさとパチンコを打つのに何の関係があるというのか。

「気持ちの問題よ、気持ちの！」

完全確率を標榜するパチンコにおいて精神論で何かが変わることは無いという事実を飲み込んで、僕は肩を竦めた。

せっかく北条と調子良く会話できている状況で、しょうもない言い合いをする必要は無いだろう。

僕とふたりきりになることでまた会話がぎこちなくなることを懸念していたが、これならば心安らかに今日を乗り越えられそうだ。

「よ〜し！　今日は打って打って打ちまくって、終電無くなっちゃったね……って言えるぐらい勝つわよ！」

お前が無くすのは駅から実家までの終バスじゃん、という言葉を僕はぐっと飲み込んだ。

＊

そして、本日もお昼を過ぎた頃。

僕と北条はパチンコ店の近くにあるハンバーガーショップのテーブル席に向かい合って座っていた。

僕たちの目の前にはそれぞれこの店で一番安いハンバーガーと無料の水の入った紙コップ。

それをじっと見つめながら黙りこくっていた北条が、ぽつりと呟くようにして言った。

「……お金、無くなっちゃったね」

僕は何を言うでもなく、無言で頷いてその言葉を肯定する。

いやあ……。まさかふたり揃って何も爪痕を残せずに敗北して撤退することになるとは思わなかった。

僕も北条も抽選番号の引きは悪くなく朝から並びの席を確保することができたため、僕は北条の説明を聞きながらパチンコを打つことができた。

初めのうちは和やかに会話をしながら銀玉の行方と画面の挙動を楽しんでいたのだが、ふたり共が一枚二枚と諭吉を投入しても何も起こらない展開に真顔になり、最後の一枚を入れた後は神に祈るような気持ちで画面を見つめていた。

……まあ、その場限りの祈りなんて神様にはちっとも通用しなかったわけであるが。

そのようなわけで持ってきた予算をことごとく食い潰した僕たちは、こうしてハンバーガーショップで反省会を開くことにしたのだ。

食費は軍資金とは別に小銭で準備していたので節制する必要はないのだが、それだけ今回の負けが心に響いているのである。

「釘の回りは良かったんだけどね〜。展開には恵まれなかったわ。あのまま打ち続けていたら収まりがつかなくなって大勢の諭吉先生を失っていたに違いないわね」

いやまったく、あらかじめ予算を決めておいて良かった。

「ううん、今回は軍資金に制限があったけどイベントを信じてミドルタイプを打っちゃったのがいけなかったかなあ。打つなら安定したライトミドルか甘ってこと？　けど、せっかくのイベントでそれもなあ……」

北条は今日の立ち回りを振り返ってうんうんと唸（うな）っている。

僕の方からは具体的な振り返りだとか対策を出せるわけでもないので聞き役に回るしかないのだが、北条の方も気にしちゃいないようであるしこれで良い。

盛大に負けてはしまったが、雰囲気も悪くないし今は無事に今日を乗り切れたことを喜ぶとしよう。

そうして失った諭吉のことを考えないようにしながら北条の話を聞き、ハンバーガーをパクついていると……。

「夏希ちゃん！」

横から突然声を掛けられた北条はそちらを振り向くと目を丸くした。

「……武田先輩？」

北条に名前を呼ばれてその男性は満面の笑みを浮かべた。

「久しぶりだね！　元気だった？　こっちは夏希ちゃんが辞めちゃってから店はもう大変でさ！　夏希ちゃんの後に続くみたいに辞めるやつが多くてね、まったく薄情なやつらだよ！　……あ、もちろん夏希ちゃんは別だからね！」

「は、はあ……。ありがとうございます……」

武田先輩とやらは怒濤の勢いでまくし立てる。北条が圧に押されて身体を仰け反らせるとその隙間を埋めるように間合いを詰め、北条がソファの奥に後ずさりするとそのまま北条の隣に身体を滑り込ませた。

ぱっと見た感じはどこにでもいるさわやかな好青年といった感じの人なのに、怖いぐらいの強引さである。まあ北条も見ず知らずの他人である僕に代返を頼んだり、一緒に講義を受けようと今と同じように強引に席に座ってきたりしていたけれども。

「夏希ちゃんは秀泉だっけ？　俺は明青大学だからキャンパスはお隣なんだけど、流石に最寄り駅が違うと中々会えないよね。それがこんな所で出くわすなんて奇遇だなあ！」

「そ、そうですね……。というか武田先輩、その……キッカ先輩とは仲直りできたんですか？」

防戦一方だった北条が表情を困惑から真剣なものに変えて武田先輩に問う。北条の問いに武田先輩は浮かべていた笑みを消して顔をしかめると、吐き捨てるようにして言った。

「あんなのとは夏希ちゃんが辞めた後すぐに別れたよ。まったく、ちょっと俺が後輩と仲が良いからって嫉妬して夏希ちゃんに酷いこと言って……。あんな酷いやつだとは思わなかったよ。ごめんな。あの女——菊花の嫉妬に巻き込んでしまって……」

最後の方は申し訳なさそうな顔で北条に頭を下げた武田先輩だが、その話を聞いて北条の顔が曇った。

「そんな……」

「夏希ちゃんは全然気にしないで良いんだよ！　あのとき君は何も悪くなかったじゃないか！　もちろん俺もね。それなのにあんなことになって……」

武田先輩は悔しそうな顔で言うが、そんな言葉は北条にとって何の慰めにもならないようで表情は冴えないままだった。

そんな北条に気がついた武田先輩は明るい顔を作って提案する。

「そんなことよりさ！　せっかくの再会なんだから、この後どこか行かない？　この後時間あるかな？」

「あ、いや……」

北条は困った様子で僕の方に視線を向けてくる。あれは僕にでもわかるぐらいに助けを求める視線だろう。

仕方ない。

友人の知り合いなんてあまり関わりたくない距離感の相手であるが、適当なことを言って誤魔化すとしようか。

僕は武田先輩に声を掛けた。……が、こちらを振り向く様子もなく、無視を決め込まれてしまう。

……北条にばかり話しかけてこちらをちらりとも見向きもしないとは思っていたけれども、そんな感じかあ。

僕は無視されたことにめげずに、極めて低姿勢でこの後バイトがあって移動しなければならないことを説明した。一応声は聞こえていたようで、そこでようやく武田先輩がこちらに視線を向けてきた。その視線は初対面の相手に向けるものとは思えないぐらいに冷たかったが。

「……君は？」

あまりにも端的な問いに一瞬反応し損ねそうになったが、僕は慌てて名を名乗り北条の友人でバイト仲間だと告げた。

「ふうん……。夏希ちゃん、新しくバイト始めたんだ。今度はどんなバイトしてるの？」

武田先輩は僕の説明を聞いて、僕ではなく再び北条の方に話しかける。

「え、あ……。その、友達の身内がやってるスタジオでモデルみたいなことをやってて」

唐突に話を振られて北条は思わず素直に答えるが、たぶんそれは悪手だ。

予想した通り、武田先輩は目の色を変えて再び北条に詰め寄った。

「モデル!? すごいじゃないか！ いや、夏希ちゃんの容姿なら当たり前かな？ それで、どこの事務所でどの雑誌の仕事なんだい？」

「ああいや、それはちょっと」

そこで自分の失策に気がついたらしい北条だが、こうなるとスタジオのことを話さずにいられるかは怪しいところだ。武田先輩の雰囲気的に話してしまったが最後、スタジオまでおしかけて来かねない。

僕は半ば嫌々口を挟み、仕事柄詳しいことを説明できないと伝える。

武田先輩は僕に無感動かつ不審な目を向けてきたが、北条も本当は武田先輩に教えたいのが山々だと思うと、本人が一ミリも思っていないであろう言葉を述べて武田先輩を持ち上げつつ北条に目で合図すると、北条は慌てて首を縦に振って話を合わせてきた。

「……そっか。それじゃあ仕方ないね！ また今度連絡するから一緒に遊ぼうよ！ それじゃ！」

その様子を見て納得したのか、それとも別の理由からか。

武田先輩は北条に向けて笑みを浮かべてそれだけ言うと、北条の肩を馴れ馴れしくポンポンと叩いて去って行った。

武田先輩が店を出て行くのを見送ってから、僕と北条は大きくため息を吐いた。

いやはやまったく何だかとんでもないお人だった。

もしかしなくとも、あの人が北条の元バイト先で修羅場っていたというバイトメンバーの人か。

僕の問いに北条が浮かない顔で頷く。

「うん……。武田先輩は元々同じバイト先のキッカ先輩と付き合ってたんだ。あたしが高校生の頃は普通に面倒見の良い先輩だったしキッカ先輩にも仲良くしてもらってたんだけど、高校卒業前ぐらいに今の感じに髪切って染めたり服装変えたりしたら色々おかしくなっちゃって」

で、武田先輩がお前に色目を使い始めて、恋人のキッカ先輩と揉める原因になってしまったと。

「まあ、そんな感じ。最初あたしはそういう風に見られてることに気がつかなくて、自分が原因でふたりが喧嘩してるのとか全然わからなかった。キッカ先輩に色々言われて、初めてそのことを知ったの。あれはつらかったなあ」

僕はなんと言っていいかわからず、遠い目をする北条に適当な相槌を打つことしかできない。

「それで店の雰囲気は最悪になるし武田先輩はあんな風になっちゃうしで、店長から遠回しに言われちゃってバイトを辞めたってわけ。流石にしばらく尾を引いたわ」

ううん、重い。

しかしとんでもない話なのに何故かどこかで似たような話を聞いたことがある僕である。具体的に言うと、この前あった文芸サークルの合宿のときなんだけれども。

西園寺といい北条といい、何でまたそういう重い過去を持ったやつがこんなにいるのだろうか。東雲は東雲で別の意味で重いし。

……もしかして、人間不信気味だった西園寺が初対面の北条と仲良くなれそうと言ったのは、自分と似た部分を感じ取ったからこそなのだろうか。

今の時点でこいつらがお互いの身の上話を打ち明け合っているのかは知らないが、お互いに似たような過去を持つからこそシンパシーを感じて一緒にいるのかもしれない。そこに僕を絡める必要はまったくないとは思うのだけれども。

「……それより、ごめんね」

僕が頭の中で考察を巡らせていると、唐突に北条が謝罪の言葉を口にした。

武田先輩を撃退するためにフォローしたことに対する礼なら別に必要ない。ああするのが一番面倒が少なかっただろうし。

僕はひらひらと手を振りながらそう言うが、北条は頭を振った。

「ううん。今日だけじゃなくて何度も迷惑かけてるもん。この前海でバイトしてたときとか、パチンコ店の前でナンパされてたときとか」

ああ、なるほど……ん？　海の件はわかるけれど、ナンパって何の話だ？

「ほら、まだ大学が休みになる前あたしが朝からパチンコ打って大爆死して、皆に迎えに来てもらったとき」

いや、北条がパチンコで負けて大爆死なんて何度もあったからどれの……あ。

そこで僕は思いだした。

確かせっかく気持ちの良い朝を迎えられたのに、西園寺たちのせいで毎回のように講義に遅刻しそうになるわ知らない人とか文芸サークルの部員たちとかに睨まれたりするわで散々だった日に、パチンコ店の前でうずくまる北条がチャラい男にしきりに話しかけられていることがあった。

北条が僕の胸に飛び込んできて焦ったり、チャラい人にも睨まれたのだがあれのことか……！

あれはただ普通に待ち合わせ場所に集合しただけで、別に助けたりとかなんて話ではないと思うのだが。

「けどあの男の人、あたしが無視してたのにすごいしつこかったから下手したら因縁つけられてたかも。それであんたのところに飛び込んだんだけど……」

あのときなんでわざわざ僕に抱きついたのかと思ったら、そういうことだったのか。どうやら僕が思っている以上に北条はいろいろと考えて行動していたらしい。

確かに何かされるかもと考えてるのに女の子である西園寺や東雲の方には心情的に行きづらいだろう。それでも抱きついてくる必要があったのかは疑問だが。

北条の言うことはわかったが、それこそ僕に申し訳なさを感じる必要はないのだ。海の一件を解決したのは僕じゃなくて西園寺と東雲だし、ナンパの件はそういうものだとすら認識していなかったのだから。

「そうかもしれないけどさ。今までが上手(うま)いこと何もなかっただけで、次があったらどうなるかわからないじゃない」

そう言って北条はうつむいた。やっぱり、そういう迷惑は掛けたくないなって」

であるらしい。前からそういうことを気にするタイプだとは思っていたが、ここまで引きずっているとは……って。

そこで僕は気がついた。

もしかして、海の一件からしばらく僕に対してぎこちなかったのはそっちが理由だったのか？

僕の問いに、北条は何言ってるんだという顔で頷いた。

「他に何があるっていうのよ」

僕は思わず脱力してから、生乳を巡る僕の遠慮とか西園寺の努力とかについて説明してやった。本人に言うのはどうかとも考えたが、もうなんか色々と面倒くさくなったのである。

それに、湿っぽい雰囲気は嫌いなのだ。僕は。

「あんたたちねえ……」

北条は僕が見込んだとおり呆れた表情をした。

「そりゃあれもちょっと恥ずかしかったけど、あれはあたしを助けるためにやってくれたことだし別に気にしちゃいないわよ。というか、それこそナンパされてたときにあたしが抱きついてるじゃない」

いや、服越しと生じゃ違うだろうよ……。

「こんなもん所詮は脂肪の塊よ。重いし服で苦労するし、良いことなんてありゃしないわ」

どうでも良さそうな感じで自らの胸をこねくり回す北条。

そういうことを外でやるんじゃないとか、そんなこと言ってると誰かに刺されるぞとか言ってやりたいが、そうか……。

いささか以上に羞恥心が足りないやつだと思っていたが、どうやら自分の身体への謎の劣等感やら興味のなさやらが理由であるらしい。これだけ人目を惹く身体であるのに何がどうしてそんな考えになったのかはさっぱりわからないが。

「しっかし、こんなにトラブルばっかり続くなら、デブ呼ばわりは承知で今みたいな恰好を止めちゃおうかしら」

北条がそんなことをぼやいているが、恰好をどうこうした程度でどうにかなるものだろうか。昔がどうだったかは知らないが今の北条を僻み抜きで悪く言える人なんてそうそういないと思うのだけれども。

「別に今も昔もたいして体型は変わってないわよ。胸はちょっとは育ったかもだけど」

そう言いながら北条はスマホを操作すると、はい、と僕に画面を見せてきた。

見てみるとそれはどうやら中学か高校か、学校での一幕を収めた画像らしい。画像の中央では教室の中でノートを広げた机に向かい合ったブレザー姿のふたりの女の子が、こちらを見上げるようにしてピースサインをしている。

どちらかが北条ということなのだろうが、今の北条と見比べても画像の女の子たちとの共通点が見いだせずに僕は困惑する。

片方はどこにでもいるおとなしめな雰囲気の女の子で、どちらかと言えばほっそりとした体型をしていて北条とは似ても似つかない。

北条が言うように太っている、ということであれば片方の女の子がちょうど北条ぐらいの身長で、控えめに言ってぽっちゃりな体型をしているように見えるが、まさか……。

「そっちの方があたしよ。高校三年生のときの写真だから、一年前ぐらいかしら」

ええ……。

僕は一層困惑を強めて画像の女の子と北条を見比べる。確かに容貌とか身長とかは北条っぽいが、画像の女の子は胸はともかくお腹回りが太ましすぎやしないだろうか。一年程度で今の体型になったというなら激痩せなんてものじゃないだろう。

それになんか三つ編みだし。眼鏡だし。

「言ったでしょ。その画像のときも今とそんなに体型は変わってないわ。ただ、制服とかを着るとどうしてもそんな感じになっちゃうのよ」

言っている意味がわからず僕が首を傾げていると、北条は詳細を解説してくれた。

なんでも胸が大きすぎるばかりに制服のサイズをしっかりと背丈に合わせられなかったのだとか。

低めの身長に合わせると丈が足りずにお腹が丸出しになり、丈を長くして合わせようとすると巨大な胸が突き出しているせいでお腹回りに空間ができて画像のように太って見えてしまうらしい。

袖や肩幅は調整できても胸回りの調整なんて業者がやってくれるわけもなく、学生としては肌を露出するような着崩し方は認められず、仕方なくこのような着こなしで過ごしていたという。

「中学校に入学するぐらいになってから胸も大きくなってきて周りに揶揄われるのも嫌だったけど、身長はすぐに伸びなくなったのに胸だけ成長してって次第にデブ扱いされるようになっちゃって最悪だったわ。走ったりすると胸が揺れて痛いから運動もあんまりできなくなっちゃったし。その時期の人間関係で動けないデブなんて大体カースト底辺扱いだから、三つ編みとか伊達眼鏡で目立たない恰好にして、かと言っておとなしいといじめられるから明るく振る舞って。そうやって何とか自分の立場を確保しながら生きてきたってわけ」

そんなことを淡々とした表情で語る北条。

「だからそうやって昔みたいに頭を低くして慎重に生きていけば、皆に迷惑を掛けないで済むわ」

それまで何も言うこともできずに黙って話を聞いていた僕だったが、北条の考えに指摘を入れることにする。

確かにおとなしい恰好をすれば面倒な人に絡まれたりもしないだろうし、そのせいで人間関係を壊すこともないかもしれない。

しかし、半年近い大学生活で既に今の姿を衆目にさらしているのだ。もちろんさっきの武田先輩にも。そういう意味では今さら元に戻したところで完全に面倒が無くなるということはないだろう。

「確かに、そうかもしれないけれど……」

それにだ。

僕は北条と初めてまともに会話をしたときのことを思い出す。

北条が今の恰好をしているのは趣味だと言った。どういう心境でイメチェンして今の恰好をしているのかは知らないが、自分の好きなことをしたくてイメチェンしたのにそれを手放すというのか。

僕の指摘に、北条は何も言えずに沈黙している。僕はさらに何故自分を変えようと思ったのかを問うた。

「……友達にさ」

しばらく沈黙していた北条だが、やがてぽつりぽつりと理由を語り出す。

「高校の友達に、すっごい身長の高い女の子がいてさ。その画像もその子に撮ってもらったやつなんだけど。その子、身長が百九十センチとかあって自分の背が高いのをすごい気にしてたの。性格も引っ込み思案でできる限り縮こまって目立たないように過ごそうとしてた」

それは確かにデカい。僕の高校じゃ百八十センチぐらいの女の子でもいなかったと思う。百九十センチであれば、下手をすれば男子生徒にもいなかったかもしれない。

「うちの高校にも百九十センチある男の子はいなかったわ。あたしも劣等感マシマシなその子にシンパシー感じちゃって、揶揄われてるのを助けたり話しかけにいったりして友達になったの。……そんな子が、ある日を境にどんどん前向きになって、いろんなことを頑張るようになって。それが、すごい羨ましかったから」

なるほど、北条が変わろうとしたきっかけはその友達ということか……。

それで、その友達はどうして変われたんだ？

僕の問いに、北条は一言で答えた。

「恋」

恋……？

「そう。同じクラスにいる男の子とその子がいろいろあって仲良くなって。それで好きになっちゃったんだって。その子、好きな男の子に振り向いてもらいたくて頑張ってさ。最初は男の子の方はそんな感じじゃなかったんだけど、どんどん良い雰囲気になって、その子ももっと仲良くなれるように頑張って。傍から見てるとラブコメみたいだった」

それを間近で見ていた北条も、自分もこんな風に変わりたいって、そう思ったわけだ。

「うん。けど、あたしの方は駄目だったみたい。……やっぱりあの子みたいに恋でもしてみないと変われないのかしら」

自嘲するような言葉と共に話を終えた北条は、ちらりとスマホの画面を確かめる。

「もうこんな時間。あんまり長居してうっかり武田先輩とまた出くわしたら大変ね。そろそろ出ましょうか」

トレーを持って席を立った北条につられるように僕も立ち上がった。

トレーを片付けて店を出ると、北条は駅の方に向かわず逆方向に足を向ける。

「今日のところは自分の家に帰るわ。じゃ、またね」

そう言ってひらひらと手を振りながら去って行く北条。僕はそんなやつに言葉をかけることもできずに見送ることしかできない。

西園寺のときのように、僕や東雲たちがいるだろうと言ってやるべきだっただろうか。

いや、そんなことを言っても僕たちに迷惑を掛けたくないと考えている北条には響かないだろう。

昨日までの気まずさは解消したというのに、結局別の理由で気まずさを残して今日が終わってしまった。

僕はなんとも言えないもやもやを胸に抱いたまま、北条とは逆の方向——駅に向かって足を向けるしかなかった。

*

あんな別れ方をしたのでもしかしたら僕の部屋に来なくなるんじゃないかと思っていたがそんなこともなく、翌日からも北条は部屋に入り浸りだった。

本来であればため息を吐きたくなる流れなのに、なんとなく安心してしまう。

北条は今のところ地味な恰好をするでもなくいつも通りの姿を見せているし、いつも通りの振る舞いを見せていた。

武田先輩からの連絡はというと今のところはない。というか、北条はバイトを辞めてからスマホの機種変をしていて、そのときに電話番号やラインアカウントを変えたとかで元バイト先のメンバーには誰にも新しい連絡先を知らせていないという。

武田先輩やその恋人だったという菊花先輩からの連絡を怖れてそのような措置をとったらしいが、それが功を奏したということか。

そうして僕たちはそれ以降何事もなく夏休みを過ごし、大学の後期が始まったわけだが……。


「もう嫌……おうち帰りたい……」

講義が終わって喧騒が戻ってきた教室で、北条が机に突っ伏しながら泣き言をこぼした。

「まだ嫌になるような内容はなかったと思うけど……？　初回の講義だからオリエンテーションみたいな感じだったじゃない」

「だあって、せっかく出席を取らないって話を聞いたから選んだのになんかすごい小テストとかやりそうな雰囲気匂わせてたじゃない!?　こんな時間の講義に出席してたら朝からパチンコ打って大連チャンしても途中で捨てなきゃいけなくなるかも……」

その隣に座っていた東雲が苦笑しながら言うと、北条はそちらを向いてそんなことを主張する。

ふむ。それは平日の朝からパチンコを打たなければ良いだけではないだろうか。

「いやっ！」

僕の建設的な提案にぶんぶんと首を振って拒否感を示す北条。その姿からは大学生としての自覚が欠片も見受けられない。

「というか、今までのナツの戦績を考えるとあまりにも捕らぬ狸の皮算用というやつな気もするけど……」

「うわあん！　ふたりがイジメるぅ！」

泣きながら北条に縋られた東雲は、子供をあやすようによしよしと頭を撫でている。

「まあまあ、久しぶりの大学でみんな疲れただろうし、とりあえず今日は部屋に帰ってゆっくりしようよ」

僕たちは東雲の言葉に同意して席を立った。今日は文芸サークルの定例会もないし、さっさと帰ることにしよう。僕の部屋に帰るのが前提な言い方はやめてほしいが。

教室の外に出た僕たちは他の生徒たちの流れに逆らわず、真っ直ぐに正門に向かって歩き出す。

空調により温度を快適に保たれていた校舎から外に出ると、僕はまだまだ高い気温にうんざりしながらパーカーを脱いだ。九月も後半になって早朝や夜はちょっと涼しくなってきたのに、陽が出ている時間帯はまだまだ暑さを感じる。

ずっと暑いのも勘弁願いたいが、暑いのか寒いのかわからないのも服の調節が大変なのでやめてほしいところだ。

他愛のない話をしながら僕たちは正門の外に出た。

「夏希ちゃん！」

そこで、声が掛けられる。

名前を呼ばれて振り返った北条は、正門の横に立つ男を認めて顔を引き攣らせた。

男はそんな北条の様子を気にもとめずに話しかける。

「この前会ってから何度か連絡したんだけど、全然連絡がつかないから様子を見に来たんだ。何かあったんじゃないかって心配したよ」

「あ〜……すみません。あんなことがあったんで連絡先変えてたんですけど、お伝えし忘れてました」

「ああ、そういうことか。それなら仕方ないね。まったくあんなことがなければこんな手間もなかったし、そもそも夏希ちゃんが店を辞めないで済んだのに……」

「あ、あはは……」

「……」

ふたりの会話を傍観していた僕に、西園寺がこっそり話しかけてくる。

「あの人が例の武田先輩？」

僕が頷いて肯定すると、西園寺と横で聞いていた東雲が顔をしかめた。

「まったく、こっちの時間割とかも知らないだろうに、ただ心配だからといっていつ出てくるかわからない後輩を一途に待ち続けるとはたいしたお人じゃないか」

「きっとバイト先でも面倒見が良くて周りから慕われる良い先輩なんだろうね」

皮肉交じりの西園寺の言葉に、東雲も肩を竦めながら同調する。

ふたりには生乳の件もあり既に事情を伝えていたのだが、伝聞の時点であまり武田先輩に良い印象を持っていなかった。その印象はこんなところで当の本人にかち合ったことでさらに下落したようである。

僕としてもまさかそこまでするかという気持ちで、感心半分ドン引き半分といったところだ。

僕たちが会話している間も、武田先輩は笑顔で北条に言葉をぶつけている。北条もつい言葉を返してしまうものだから会話が途切れることがない。

そんな様子を見てとって、東雲が北条の傍に立って会話に割り込んだ。

「あの。こんな所で立ち話もなんですから、せめて歩きながらにしませんか？」

武田先輩は突然割り込んできた東雲の容姿に一瞬驚いた様子だったが、僕のときとは違い邪険に扱わずすぐに笑みを浮かべて対応する。

「ああ、夏希ちゃんの友達かい？　俺は武田っていう者だけど、夏希ちゃんの前のバイト先の先輩だったんだよ。いやあ、君といいそっちの子といい、やっぱり可愛い子の近くには綺麗どころが集まるんだね」

「ありがとうございます。それよりも早く行きましょう。ここだと通行の邪魔ですから」

武田先輩は東雲と西園寺を順々に見回しながらそんなことを言う。西園寺のやつはあまり応対したくないのか武田先輩に対して一礼しただけで済ませたが、流石東雲は対応にそつがなかった。

僕たちは連れだって急な坂を下り始める。と言っても、歩く位置は左から西園寺、北条、武田先輩、東雲という並びで僕はその後ろにひとりなのだが。

あまり横に並ぶのもよろしくないのだが、北条のとなりにいたい武田先輩、北条をフォローする西園寺、北条から気を逸らすために反対側から武田先輩に積極的に話しかける東雲という構図ができあがっているため仕方がない。

時間帯的に大学方面へ向かってくる人もほとんどいないし勘弁してもらおう。

僕は前の四人を後ろから観察しながら歩いているが、男ひとりに対して女三人が肩を並べる様はラブコメ系のラノベか恋愛ゲームにありそうな絵面である。僕が武田先輩の立ち位置にいたら周囲の迷惑を考えて絶対にあんな横に並んで歩いたりはしないが。

それにあれは、内実はもっと面倒くさくて各員の思惑が入り交じったが故にできあがっぎる。

た並びだ。道を歩くだけなのにそんなややこしいことを考えなければならないなんて嫌すぎる。

東雲は上手に話題を振って武田先輩を転がしていて、気持ちよく話をさせていた。お陰で武田先輩が北条の方に話を振ることも少なくなり、それもすぐに東雲が会話に入り込んで武田先輩を振り向かせるので北条の負担は相当に減っているようだ。

こういうところを見ていると東雲のコミュ力の高さには改めて感心させられる。まったく、部屋でのだらしなさが嘘みたいなハイスペックっぷりじゃないか。

そうして順調に大学から下ってきた僕たちは、駅前に到着する。

「夏希ちゃん、この前は駄目だったけど今日はこの後――」

「すみません、この後他の友達と一緒に約束があって……」

改めて北条をどこかに誘おうとした武田先輩を東雲が申し訳なさそうな顔で遮り頭を下げる。

「そ、そうなんだ……。俺もそっちに行って良いかな？　君たちとかそのお友達にもご馳走するよ」

武田先輩は一瞬鼻白んだが、わざわざ余所の大学にまで出向いて何も収穫がないのを嫌ってかさらに言い募る。

よくもまあ知らない交友関係の輪に入っていこうと思えるものだ。武田先輩の面の皮が厚いのか、はたまたコミュ力のある人々の間ではこのぐらい当然であるのか。

無理筋で強引な提案ではあったが、東雲は上手にそれをいなす。

「お話はありがたいのですが、今回は流石(さすが)に……」

東雲が近くにあるカラオケ店の前に置かれた看板(サインモール)を示すと、そこには女子会プラン要予約の文字が。

ううん、強すぎる。

武田先輩は悔しそうな顔をして視線を彷徨(さまよ)わせていたが、僕の方を見て口を開こうとしたので機先を制して、自分は講義が一緒だったから一緒に帰っていただけだと説明した。

「あ、もう予約の時間になってしまうので私たちはこれで」

東雲は再度武田先輩に頭を下げると、有無を言わさず西園寺と北条を引き連れてカラオケ店に入って行った。予約なんてする暇なかっただろうに大した胆力である。

しかし、時間を取らせるどころか連絡先すら渡さぬ一分の隙もない丁寧なあしらい方には感嘆を禁じ得ない。東雲がいれば北条も悩むことなく過ごせるのではないだろうか。

さて、僕もさっさとここから退散するとしようか。

僕はカラオケ店の入り口を睨(にら)みつけている武田先輩に声を掛けて頭を下げると、部屋に帰るために踵(きびす)を返した。

「おい」

……が、険のある声に呼ばれて足を止めざるを得なくなる。

嫌々僕が振り返ると、声と同様険しい顔をした武田先輩が僕のことを睨みつけている。

「お前、前も夏希ちゃんと一緒にいたよな？　お前あの子のなんなの？」

ほとんど初対面な相手にここまで敵対的な態度を取れることにも、小説だとかマンガだとかの物語の中でぐらいしか聞かないようなベタな台詞(せりふ)も面白くてついつい吹き出しそうになるが、僕はなんとか耐えた。

そしてできる限り真面目な表情を意識して、北条とはただの友達であるし偶然一緒にいるときに武田先輩が来ただけだと説明する。

本当は部屋に泊まったりするぐらい一緒にいる間柄だと伝えたらどうなるかわかったものではない。

武田先輩は僕の言葉が信じられないのか、はなから信じるつもりがないのか不審そうなご様子。

「あのさあ。俺は夏希ちゃんのことを高校の頃から知ってるし、そのときから狙ってんだよ。だからお前みたいなやつに近くをうろちょろして欲しくないわけ」

要約すると俺の夏希ちゃんに近づくな、だろうか。

すごいな。こんなことを臆面もなく言える人間が現実の世の中に存在するとは。

というか、北条が高校生のころは武田先輩は別の先輩とお付き合いをされていたのではなかったたか。

「はあ？」

つい口をついてでた疑問に、武田先輩は凄むように険悪な声を上げる。

疑問に具体的な反論がない時点でいろいろと語るに落ちていると思うのだが、これ以上話していると僕に実害が出かねないので適当に頭を下げて形だけの謝罪をする。

そして武田先輩を応援してますと心にもない言葉で激励すると今度こそ背を向けて気持ち早足で歩き出した。

引き止められることもなく角を曲がれたことに安堵しつつも、僕は武田先輩の無軌道ぶりを思い返す。

傍から見ている分には面白おかしい人であるが、身近に現れると実に厄介だ。

海で出くわしたような酔っ払いのおっちゃんならば二度と会うこともないのでどうとでもなるだろうが、武田先輩には学校を知られてしまっている。

今後武田先輩がどう出るかはわからないが、ちょっと面倒なことになりそうだった。

＊

「……で、私のところに来たわけか」

　基礎ゼミが終わってゼミ生たちが机の上を片付けて教室を出ていく中、僕たちは大林先生を捕まえて武田先輩のことを相談した。

　あれから武田先輩は、何度も秀泉の周辺に出没し北条を探しては声をかけるようになってしまった。自分の大学の講義は大丈夫なのかと思わなくもないが、どうにかしているのだろう。知らんけど。

　問題なのは北条に話しかけるだけでは飽き足らず、北条の行方を追うために他の友人といるときの西園寺や東雲にも話しかけて付きまとう等の実害が出ていることだ。

　このままでは才藤さん以下何も知らないふたりの友人にまで事が波及しかねないということで、とりあえず近場の大人に相談した次第である。

　大林先生は僕たちの話を聞きながら腕を組んで考え込んでいたが、やがてため息を吐いた。

「今のところは大学側でできることはあまりなさそうだな。在籍している生徒にストーカー紛(まが)いの被害があったからと言って大学で何かできるわけでもない。キャンパス内に立ち入ってあれこれしているなら警備が動いて立ち退きぐらいはさせられるだろうが」

「やっぱり難しいですか」

「現時点では警察に相談したとしても注意が行くのがせいぜいだろうな。そしてそれはその迷惑な先輩を刺激しかねない」

たいして期待はしてなかったが、やはりどうにもならないらしい。

「まったくとんでもない話だね。常識で考えれば普通はしないようなことを平然とやってのけるのだから」

西園寺のぼやきに、大林先生は同意しつつもさらに続ける。

「まったくもってその通り。しかし、大学生ってのは不思議なものでなあ。高校ぐらいまでは周囲に至って常識的なおとなしいやつだと思われていたようなやつが、なんでそんなことをと思うようなことをやらかしたりするんだよ。それでいて当の本人はやらかした自覚がなかったりするのさ。去年の卒業生にもそういうやつがいた」

そんな先輩がうちにもいたのか……。

「いたさ。教員免許を取るために母校に教育実習に行ったやつが問題を起こしてな。生徒の女の子に手を出そうとしてトラブルになったんだが、めんどくさいことにうちのゼミ生だからという理由で私に指導要請が来た」

「うわあ、そんなことまで先生に話が行くんですね」

「こんなこと事務方でやってくれと思うが、私も一応指導している立場だからな。仕方なくその生徒を呼び出して、未成年に手を出しちゃいかんとありのままを伝えた。そいつ、なんて返事したと思う？」

僕らは顔を見合わせて視線でやり取りしたが、最終的に西園寺が代表して答えた。

「ええと、すみませんとか分かりましたとか、そんな感じでしょうか？」

大林先生は肩を竦めて答えを開陳する。

「そいつはな、不思議そうな顔でそうなんですか？　と問い返してきた。まさか学生とはいえ成人相手に社会常識から指導することになるとは思わなかったね、私は」

ええ……。

「そいつも最終的には半ばお情けで教員免許を取得したんだが、公立の採用は絶望的だろうな。噂によると地方私立の教員になったとか、塾の講師になったとか……」

実際はわからんがな、と投げやりに締めくくる大林先生。

想定の斜め上な答えになんと言って良いかわからない。というか、そんな人が教職かそれに近い仕事をしているかもしれないのか……。

「私から言えるのは、世の中のすべての人に自分の常識を期待するのはやめた方が良いということ。そして」

大林先生は僕たちの背後で黙って立っていた北条に視線を向ける。

「困ったときは躊躇せずに周りの大人や友人を頼れということだな。まあ、そんなことを言いながら大学として具体的な対応をしてやることはできてないんだが。それでも不審な男性が大学や生徒の周囲を徘徊していることを周知して警備を強化してもらうことはできるだろう。大学周辺での安全ぐらいはある程度確保できるはずだ」

「……ありがとうございます」

北条は大林先生に礼を述べて頭を下げるが、その顔色は優れない。

これで多少はマシな状況になりそうではあるが、根本的な解決に至るわけではないのを理解しているからであろう。

「とにかくこちらもできる対応は取ることにするから、それで様子を見ておけ。……もう一度言うがちゃんと周りを頼れよ？」

北条に念押しをする大林先生にもう一度皆で頭を下げてから、僕たちは教室を出た。

まったく大林先生はできた人だ。

普段はちゃらんぽらんな癖に頼りになるし良く生徒のことを見ている。

「これで警備が強化されておとなしくなってくれれば良いんだがね」

「どうかな。とりあえず夏希はしばらくひとりで動かない方が良いね。念のため詩織たちにもできるだけ固まって行動してもらうように伝えておこうか」

西園寺と東雲が今後のことを話している中、北条は青ざめた表情で黙りこくったままだ。周囲に及ぼす影響が大きくなってしまい、精神的にまいっているのだろう。

僕自身ももやもやとした気持ちを吐き出すように密かにため息を吐く。

人付き合いの嫌なところがもろに出てしまっているのを感じる。自分が当事者であるなら別にどうにだって流せるのに、他人のこととなるとどうにもそれが上手くいかないのだ。

まったく、いつも底抜けな明るさを披露している北条がこのザマでは雰囲気が暗くなって仕方がない。

この歯がゆさと重苦しい雰囲気は早いところ解消してほしいが、困り者の武田先輩に穏便に対処するための方策についてはまったく思い浮かばなかった。

こうなると武田先輩自身が、自分が不審者として扱われていることを知って行動を改めてくれるのを願うしかない。

——まあ、そんなのただの願望でしかなかったのだけれども。

＊

大林先生は迅速に行動を起こしてくれたようで、翌日の下校時間で武田先輩は無事警備の人に注意を受けた。現場にでくわした僕が言うのだから間違いない。

念のため物陰から警備の人に追い払われる武田先輩のことを観察していたのだが、先輩は自分がそんな目に遭うことが大層心外なようで露骨に不満そうな顔で警備の人の話を聞き、忌々しいと言わんばかりの顔で坂を下っていった。

しっかりと仕事をしてくれた警備のおっちゃんに感謝しつつこれでことが収まるのを願ったのだがそんな都合の良いことが起こることもなく、武田先輩の出没エリアが駅前周辺に変わっただけの話だった。

おまけに注意されたのが効いたのか、イライラしたような挙動不審な様子で通りに立っていたり険しい顔で才藤さんたちに声を掛けているようで火に油を注いだような形である。

さすがに駅前を通らずに家に帰ることも駅向こうの僕の部屋に帰ることもできず東雲の話術だけが頼りの状態が続いたのだが、武田先輩が地元駅で北条を待ち構えて捕まえてしまい断り切れずに連絡先を教えてしまったことで事態がさらにややこしくなる。

ただでさえ大学から駅の間でランダムエンカウントしてくる武田先輩が、四六時中連絡を寄越してくるようになるとそれはもう地獄だろう。

あまりに連絡がしつこいので、僕たち監修の下そっけないスタンプで返事縛り作戦や、未読のまま一日放っておいてからの『ごめんなさい寝てました』作戦が考案されて実行に移されたがあまり効果はなく、直接顔を合わせたときの武田先輩からの追及が激しくなるだけというろくでもない結果で終わった。

武田先輩の攻勢にさらされ続けた北条は日に日に消耗していった。

もういっそ警察に相談して対応してもらうかということも検討したが、そうなったときにストーカー紛い、というかストーカーそのものな行動を取る武田先輩が誰かしらに危害を加える可能性を考えると決断することができず、北条本人からも強硬な手段を取ることは拒否されてしまった。

大方、後々僕たちやその友人に被害が出ることを恐れているのだろうが、こういうときこそ自分のことを一番大事にする方が良いに決まっているだろうに。

……そして、北条は姿を現さなくなった。

＊

「……駄目だね、電話にも出ない。ラインの既読は付いてるけどそっちの反応もなしのつぶてだし、どうしたものかね」

スマホの画面を睨むようにして見つめていた西園寺がため息を吐いた。

「大学にこないぐらいならともかく、連絡がつかないのはね……」

東雲が珍しくもきっちりとした服装のまま、苦い顔で応じる。

「帰りに武田さんが出待ちしてたから探りを入れたんだけれど、あっちも連絡がつかないみたい。バイト先で履歴書を探して直接家に行くとか口走ってたけれど大丈夫かな……。一応今はそっとしておいた方が良いって伝えはしたけど……」

「まったくあの人、ナツが誰のせいでこうなったと思ってるんだ？　まあ自覚していたらストーカー紛いの待ち伏せなんてしないだろうが。これが世に言う大二病ってやつなのかね。……何とかならないかな？」

西園寺はベランダでたばこを吸いながらふたりの話を聞いていた僕の方を見てそんなことを言った。

何とかなるのであれば既に行動に移している。

僕はその言葉を飲み込んで無言のままに首を横に振った。事態は八方塞がりに近い。最終的にはリスクを承知で武田先輩を拒絶して警察を頼るなりするしかないだろうが、逆恨みでもされたら警察が動く前に実害が出るのは目に見えている。

せめて武田先輩が二度と北条に近づきたくないと思う何かがあるか、近づいたら自分がどうなるかわからないと思わせるぐらいの脅しが効かないと安心はできない。

僕はそこで手元のたばこが短くなっていることに気がついて灰皿に押し込むと、少し迷ってから本日三本目のたばこに火を付けた。

たばこの不味(まず)い煙を肺に入れながら、僕はこの面白くもない状況をどうにかできないかと思考を巡らせ続けた。

＊

「そういや最近、北条の嬢ちゃんを見ないね」

九子(ひさこ)さんから買い物の荷物持ちを仰せつかり、食材や日用品が満載の買い物バッグを震える手で保持していた僕は前を歩く九子さんからの何気ない問いに対して言葉を詰まらせた。

返事をしない僕を振り返り、九子さんは不審な目を向ける。

「なんだい、何か深刻なトラブルでも抱えたのかね」

ずばり今の状況を指摘されて僕は曖昧な表情を作ることしかできない。僕の様子を見て九子さんはひとつため息を吐くと駅前の方に進路を変更したので、僕は慌ててその後に続いた。

九子さんは駅前のロータリーにある喫煙所に入ると、僕に手を差し出してきた。何を求めているのかわからず困惑していると九子さんは舌打ちする。

「こんなところに入ったんだからたばこに決まってるだろうが。今も持ってるんだろう？　さっさと出しな」

そう言われて僕は慌てて荷物を足下に置いてから懐のたばこのボックスを取り出すと、ボックスからたばこを一本飛び出させて九子さんに差し出す。

それを引き抜いて口に咥（くわ）えた九子さんの方にライターの火を付けて近付けると、九子さんは当然のようにその火でたばこに着火し、顔をしかめながら紫煙を吐き出した。

「なんだいこりゃあ。こんな軽いたばこ吸ってんじゃないよ」

もらいたばこなのに酷（ひど）く理不尽だと思いつつ、僕も自分でたばこを一本取り出して火を付け煙を肺に吸入する。

しかし九子さんがたばこを吸うとは知らなかった。普段吸っている姿なんてまったく見ないというのに。

「七野の教育に悪いから最近は禁煙してたんだよ」

それじゃあ今日は何でまたわざわざ……？

「北条の嬢ちゃんが何かトラブってるんだろう？　どうせろくでもない話に決まってる。それなら酒かたばこでもやってないと聞いてられるかい」

ううん、ご明察だ。

前々から北条のことは気に掛けてくれていた九子さんであるが、こういった事態も予見の範疇だったのかもしれない。

僕は海の家での一件以降のあらましを洗いざらい九子さんに説明した。その間九子さんは黙ってたばこを吸って僕の話を聞いていたが、僕が話し終えるとちょうど吸いきったたばこを灰皿に放り込んだ。

そして、僕が足下に置いていた買い物バッグをひとつ拾うと、おもむろにそれを振り上げて――って⁉

九子さんが振り回した買い物バッグが脳天に直撃する寸前、僕は身を捻ることでなんとか回避した。

あぶな⁉　この人突然なんてことしやがる……⁉

戦慄する僕に対して、九子さんは空を切った買い物バッグに振り回されることもなく器用に受け止めながら舌打ちした。

「避けるんじゃないよ」

避けなきゃ当たるでしょうが！

恐ろしいことに九子さんは自分の近くにある食材の入ったバッグではなく、あえて遠くにある缶や瓶の入ったバッグを拾って振り回していたのだ。当たりどころが悪ければ怪我じゃ済まなかっただろう。

九子さんが何故急に理不尽な暴力に走ったのかがわからずすぐに逃げられる体勢をとりながら困惑していると、九子さんは僕のことを鋭い目で睨めつけてくる。

「まったく。あの子のことを見ていてやれと言っただろうが。番犬代わりもできないのかいお前さんは」

九子さんの言葉に僕は海の家で北条の番犬役を仰せつかったことを思い出した。

あれはその場限りの話ではなかったらしい。

「当たり前だよ。ああいうトラブルが一回こっきりで済むはずないだろうが。現に今も酔っ払いなんかよりもっと面倒なのが寄ってきているんだろう？　お前さんがあの子と友達だろうが恋人だろうがどうでもいいがね。男なら身近な女ぐらい身体を張って守ってみせたらどうだい。前に一回やってることだろうが」

北条とはただの友人だとか男なら身体を張れなんて前時代的だとか、言いたいことを飲み込んで僕は反論する。

確かに海のときは酔っ払いのおっさんの前に立った僕であるが、あれは結局あの場限りでことが済むのが分かっていて僕が矢面に立つだけで良かったからできたことだ。

北条の連絡先も通っている大学も知っている武田先輩はどう対処したって、それこそ逮捕されたとしてもその後に開き直って無敵の人にでもなられたら何をしてくるかわからない。

そんな僕の主張に九子さんは鼻を鳴らす。

「なんだ、そんなことでうじうじ悩んでいたのかい」

そんなことって、そこが一番重要で難しいところだと思うのだが……。

「要はその武田ってストーカーが北条の嬢ちゃんに危害を加える気がなくなるようにすればいいんだろう？　それならあたしに任せなよ。あんたはそいつにこいつは俺のもんだと言ってやるだけでいい」

僕はそんなこと言わない。

……しかし、九子さんは簡単に言ってくれるが、本当に武田先輩を北条に近付けないようにすることができるのだろうか。

僕がどうするつもりなのかその辺を詳しく聞こうとすると、九子さんは眦を決した。

「ぐちぐちとうるさいやつだね！　そっちは何とかするっつってんだからお前は早く北条の嬢ちゃんを探してきな！」

九子さんが再び買い物バッグを振り上げたのを見て、僕は慌てて手元のたばこを灰皿に放り投げて喫煙所から逃げ出した。

あの分ではこの後すぐにでも北条を探し出して来ないとどうなるか分かったものではない。

だが、九子さんの言葉が信じられるのであればどうしようもないこの状況を打破できるかもしれない。幸いにして九子さんのお陰で武田先輩に効果的な対処法を思いついた。

後は北条自身と話をつけるだけの話である。

どうせ電話やラインでの連絡じゃ埒があかないだろうし、直接会いに行くことにしよう。

僕は喫煙所を出たその足で、駅に向かって駆けだした。

＊

僕はパチンコ店のドアをくぐると、パチンコ台が並ぶ通路をしらみつぶしに探し始める。

通路に並ぶドル箱やすれ違う人々を避けながら移動していると、目立つ形をした北条はすぐに見つかった。

良かった、やはりここにいたのか。

北条の家はバスじゃないと行けないような僻地の工業団地で周辺のパチンコ店はおじいちゃんおばあちゃんの溜まり場でしかないと聞いていたので、流石にそんなところには打ちに行かないと思っていたのだが知っている店にいてくれて助かった。

店の隅っこの方でパチンコ台に向かう北条の顔はひどくつまらなそうである。席の後ろにドル箱が積まれていないことからして勝ててはいないようだ。それだけが理由ではないのだろうけれど。

僕は打っていた人が止めてちょうどよく空いた北条の隣の席に滑り込んだ。

北条はちらりとこちらの方に視線をくれてすぐに目の前の台に視線を戻そうとしたが、隣に座ったのが僕だと認識したのか驚いた表情でこちらを振り返った。

僕は素知らぬ顔で機械に諭吉先生を入れて玉を購入すると、パチンコを打ち始める。

突然やって来た僕に初めは気まずそうな表情をしていた北条だが、特に何かを話すでもなくパチンコを打ち続けていると次第に困惑した様子を見せ、ついに我慢できなくなったのかこちらに顔を寄せて自分から話しかけてきた。

「……あんた、いったい何しに来たのよ？」

そりゃあ見ての通りパチンコを打ちに来たと僕が言うと北条はその返答がご不満なようで何事か口にしたが、同時に僕の打っている台が激しい音を鳴らし始めて半分以上聞こえなかった。

僕に声が届いていないことに気がついた北条は盛大に顔をしかめると、無言でスマホを操作し始めた。

すぐに僕のスマホに通知が入り、確認すると当然北条からのラインだ。

『ねえ、この状況で黙ってパチンコ打ち始めるのは意味わかんなくない⁇』

僕は北条を煽るようにもったいぶってゆっくりと返信を打つ。

『僕がパチンコを打つのに何か問題でもあるか？』

『問題はないけど……。わざわざこっちの店まで来て、わざわざあたしの隣に座ったんだから何かあるでしょ普通』

『この店には何人も諭吉先生を預けっぱなしだから、そろそろ引き出さなきゃと思ってな。お前の隣に座ったのだって、偶然隣が空いたからだし』

横目で確認すると北条はそんなわけあるかと言わんばかりの顔をしていたが、僕が何も言わないでいると次第に不安になってきたらしい。

『え、あんたそんな感じのノリで来てんの？　本当にあたしを探しに来たとかじゃなく⁉』

『数日音信不通になって大学に来なくなっただけではなあ』

『ええ……。いや、ホントに？　皆に心配掛けてると思ってたから地味にショックなんだけど……。もしかして皆たいして気にしてない？』

『いいや、西園寺も東雲も滅茶苦茶心配してるしいろんな人に迷惑を掛けてるぞ』

「……」

北条に視線を向けると心底気まずそうな顔でスマホの画面を見つめていたが、僕が見ていることに気がつくとむくれた表情を見せた。

『ずるい』

『連絡も寄越さないで皆に心配をかけた報いだ』

『だって仕方ないじゃない。大学にいたら武田先輩が皆に何かするかもしれないし、そしたら迷惑を掛けるだけじゃ済まないし、先輩はラインとか電話とかめちゃくちゃしつこいし、何か発言がどんどんキモくなってきてるし』

どうやら人当たりの良すぎる北条でもいい加減武田先輩への鬱憤が溜まってきたらしい。

これは良い傾向だ。僕はチャンスと見て北条に切りこむことにする。

『そんなに嫌なら武田先輩にはっきりと言ってやればいいんだよ。どうせあの様子じゃ穏便に済まさせてはくれなさそうだし、そっちの方が最終的に丸く収まる』

僕のラインを見て北条は一瞬迷ったような表情をしたが、結局首を横に振った。

『けど、そうしたら今の武田先輩が皆に何かするかもしれないじゃない。今の先輩、昔とは別人みたいに怖いし。あたしが酷い目に遭うだけならいいけど、皆に迷惑を掛けたくない』

まあ北条ならそう言うだろう。しかし。

『武田先輩がどうこうするよりも、お前が音信不通になる方が余程迷惑を掛けてる。このままお前が大学に来ない状態が続いたら、西園寺辺りが病み始めるぞ』

北条の顔が苛ついたものに変わり、荒い手つきで返信を入力する。

『じゃあどうしろってのよ！』

『要は他の誰かに迷惑が掛からなきゃ良いんだろう？　ほとんど誰にも迷惑を掛けずに解決できる方法を考えてきた』

続けて僕がその方法を打ち込むと、それを見た北条はなんとも言えない奇妙な顔をした。

『……いやあ、確かに説明されるといけそうな気もするけど、これだとあんたが酷い目に遭う可能性が高いじゃない』

『逆に言うと何かあっても僕だけで済むだろう。他の人に被害が出るよりは大分マシな案だと思うね。それに九子さんがケツ持ちを買って出てくれたから、しくじって穏便に話が済まなくてもあの人が何とかしてくれる。自分ひとりで抱え込んでどうにかなるわけじゃないんだし、諦めて僕ぐらい巻き込めよ』

北条は僕の送りつけた文章をじっと見つめていた。その表情からは北条が今どんな気持ちでいるのか、僕には判別がつかない。

『ケツ持ちって言うと不穏だけど何か安心感があるわね。……けど、やっぱりあんたを巻き込めないわよ。今までだっていろいろ助けてもらってるのに、これ以上迷惑を掛けたくないし』

『これ以上の案はもう出てこないと思うぞ』

『そうかもしれないけど……』

ちょっとはその気になってくれるかと思ったが、北条はまだ踏ん切りがつかないようだ。あともう一押しぐらいで落とせそうなのだがどうしたものか……。

「……あっ！」

北条も僕も思案に暮れてしまい沈黙が続いていたのだが、急に北条が声を上げた。

何かあったかと再び視線を向けると、北条が下の方を向いて固まっていた。どうやら何かを見ているようだったので視線を追うとパチンコ台に表示された残額を見ているらしい。
そしてその数字はゼロになっていた。

「……」

北条は無言で財布を取り出すと中身を改める。ちょっと悪いと思いつつ僕も中身に目を向けるが、お札入れがすっからかんだった。

「……、……」

北条が震える手で小銭入れを開け中身を手のひらに取り出すと、百円玉が三枚と一円玉が二枚しか出てこない。

『……もしかしてそれが全財産だったり？』

僕がラインで問うと、それを確認した北条が無言のまま僕の方を向いて僕のことをぽかぽかと叩き始めた。

たいして痛くはないが周囲の目もあるので、僕は非暴力を訴えて北条を止めようとするが北条は僕の言葉を無視して叩いてくる。

「もう！　あんたが変なタイミングで来るからお金全部使っちゃったじゃない！　給料日だってまだ先なのに！」

どうやらマジモンの素寒貧になってしまったらしい。

しかし僕が隣に座ったからって打ち続ける必要はなかったし、そもそも夏休みのバイトでたんまり稼いでいたはずなのにボロ負けしている北条が悪いのではないだろうか。

僕は正論を述べただけなのに、何故か北条の叩く力が強まった。

「それに！　なんであたしの後から来たあんたが即当たりしてしかも爆連してるのよ！　さっきから隣で連チャンされ続けてむかつくんだけど！」

確かに僕は打ち始めてからすぐに大当たりを獲得し、面白いぐらいに背後にドル箱を積んでいっていた。これも無欲の勝利というものかもしれない。

しかし、それこそ理不尽というものだ。僕が大勝ちしているのと北条が金無しになったのは別の話なのだから。

「むぅぅぅ！　もう！　もうっ！」

反論の言葉も出なくなり、怒りにまかせて僕を叩き続ける北条。周囲のお客さんやお店の迷惑になるから止めないと不味いと思ったのだが、何故かお客さんたちは何となく生暖かい目で僕たちのことを見ているだけだったし、僕の視界の隅でこちらを見ていた店員さんが呆れた様子で首を振るとインカムで何かを告げて去って行った。

だが、これはチャンスだ。

注意を受けないで済むのは幸いだが、何故か理不尽さを感じる。

僕は片手でパチンコ台のハンドルを握り続けながらもう片方の手で攻撃を防ぎつつ、北条に交渉を仕掛ける。

北条にはこのままでは給料日まで素寒貧で何もすることができない上、大学にも出てこれないニートさながらの生活が待っているだろう。最初の数日は天国のように感じるというが、それからはただ過ぎていくだけの日付と家族からの視線は相当につらいと聞く。

「うっ」

北条の勢いが弱まったのを見て、僕はさらにたたみ掛ける。

そんな北条に今爆連している最中の僕の出玉を無利子で提供することにしようじゃないか。それも僕の言うことを一回聞くだけで。

「ちょ、ちょっと言い方が悪くないそれ？」

北条から突っ込みが入るが、その視線は僕の後ろに積まれたドル箱と画面表示を行ったり来たりしている。

僕の台が再び派手な音を立てて当たりを告知したところで僕を叩く腕が完全に止まった。

……そういえばパチンコ台の一部には遊戯を止めると連チャン状態が消滅してしまう機種があるらしいな？

トドメにそんなことを言いながら手をハンドルから離して玉の発射を止めると北条はあ

えなく陥落した。

「わあああ聞く！　なんでも言うこと聞くから！　だから早く打って！」

ちょろい女だ。

僕は今まで感じたことのない奇妙な充足感を覚えつつ、遊戯を再開した。

その後も僕の台は玉を吐き出し続け、けっこうな額を北条に貸し出すことになったが元手ゼロだと思えば気にもならない。ただ部屋に帰っても九子さんにしばかれることがなくなったという事実が僕には嬉しかった。

＊

「今さらだけど、本当にこんな嘘で武田先輩をだませるのかしら」

大学から続く坂を下りながら、北条がそんな言葉をこぼした。

だませるかどうかは正直どちらでも良い。嘘にしろ本当にしろ、武田先輩が北条をものにすることができないと認識すれば良いのである。

「ふうん。それならいいけど……」

北条はいまいちピンときていないようであるが、僕に借りがある故かそれ以上のことは言わなかった。北条もとことここに至って尻込みするようなことはないようなので、後は僕の計画を実行に移すだけで良い。

武田先輩には北条から連絡を入れて大学に来ていることを伝えさせたし、九子さんの方は何のことかわからないが準備万端であるらしい。後は武田先輩が姿を現してくれるだけなのだが……。

「夏希ちゃん！」

はたして武田先輩は、あえて通った人通りのない裏道に入ったところで姿を現した。どこかで僕たちを見つけて先回りしていたらしい。

「武田先輩……ご心配をおかけしました」

北条は武田先輩の姿に一瞬怯んだ様子を見せたが、すぐにぎこちないながらも頭を下げた。

「良いんだよ全然！　ただ、ずっと連絡が取れなくて心配はしたからさ。これからはそういうことは無しにしてほしいかな」

「はい、できる限りは」

北条は特に保証しなかったが、武田先輩はそれで問題ないと判断したのかそれとも気がつかなかったのか満足そうに頷いた。

「良かった。……そしたらさ、この後夏希ちゃんの復帰祝いで食事にでもいかないかな？　何か悩みがあって休んでたとかなら話を聞くよ」

武田先輩は改めて北条を誘った。今まで散々袖にされておきながらめげない人である。

しかし、それも今日が最後だ。

「すみません、先輩。この後はちょっと……」

そう言ってちらりと僕の方を見る北条。僕は意味深な感じになるように意識して北条のことを見つめ返す。

「……何か用事があるの？」

不穏な気配を感じたのか、それまでの笑みを硬い表情に変えて武田先輩は問うた。

それに北条は、はにかんだ笑みを浮かべて僕の腕に手を添えながら答える。

「実はあたしたち付き合うことになったんです。それで、この後は彼の部屋でおうちデートの予定なので」

「はあ⁉」

武田先輩は驚愕（きょうがく）の表情で叫び、今日初めて僕の方を見た。僕は努めて気持ちの緩んだような笑みを浮かべながら先輩に頷いてみせ、ことの次第を説明する。

北条が武田先輩と再会して自分が好きだったバイト先の人たち——武田先輩と菊花先輩

が破局していたことを知り思い悩んでいたこと。

それが原因で武田先輩に顔を合わせるのがつらくなり、今まで避けるような態度をとってしまっていたこと。

僕がそのことでずっと相談に乗っており、ふたりの距離がここ最近で一気に縮まったこと。

ついに先日お互いの気持ちを確かめ合って付き合うことになり、北条もようやく大学に来れるようになるまで持ち直したこと。

「そ、そんな……」

もちろん八割方嘘であるが、武田先輩には効果は抜群だったようで雷に打たれたように呆然と立ちつくしている。もしかしたら自分がいろいろ理由を付けて遠ざけられたり、不審者扱いされたことも勝手に解釈して曲解しているのかもしれない。

僕はそんな武田先輩を見ながら、内心で自らの計画を自画自賛していた。

言ってしまえばあたしはこいつと付き合うことになったからお前とは付き合わねえよという事実を突きつけただけであり、普通の人が相手であればこんな都合の良い話は嘘だとすぐにバレてしまうだろう。しかし、武田先輩は普通じゃないのでちょっと可哀想なぐらい僕たちの法螺に動揺している御様子だ。

どちらにしろこれが本当だと思えば自分が入り込む隙は無いと理解するだろうし、嘘だと思えばそんな嘘をついてまで自分と距離を取りたいのだということぐらいはわかるだろう。

武田先輩がどう結論を出しても一番に恨むのは僕だろうし、あっても北条を逆恨みするぐらいなものだ。今までの様子から言っても一番の怨敵を放っておいて他の知人友人に何かしようと考えるほど狡猾な人ではないだろうし。

ただ付き合っていることを伝えるだけで僕の傍に立っているだけで良いと伝えたはずの北条がアドリブでおうちデートなんてワードをぶっ込んだせいで少々効き過ぎな気がしなくもないが、まあ計画的には誤差の範疇である。

後は、この人がどう出てくるかが問題なのだが……。

僕たちは俯いたまま拳を握りしめている武田先輩の様子を注視する。九子さんがすぐにフォローできるよう近くで準備してくれているはずなのだが、突然ナイフやらなんやらの凶器を取り出して襲いかかってきたら身を守らなければならない。

しばらく沈黙が続いた後、武田先輩の口から言葉が漏れた。

「嘘だ……」

武田先輩は顔を上げると僕たちを睨むようにしながら叫ぶ。

「付き合い始めたなんて嘘だろう！　そんなことあり得ない！」

どうやら武田先輩は僕たちの虚言を嘘だと判断したようであるが、これは確信しているというより嘘だと信じたいという感覚に近そうな感じだ。

僕が言い返そうとするよりも先に、北条が僕の腕に抱きつくようにしながら言葉を返す。

「本当です。こいつとは大学に入ってからの知り合いですけど、夏休みの前からずっと一緒にいて一番信じられる相手なんです。あたしの悩みにも真剣に相談に乗ってくれて、だから、その……」

そこで言葉を切って下を向く北条。

僕は腕にかかる圧倒的な柔らかさで表情が崩れないように精一杯努力しながらも、北条の役者ぶりに感心していた。

女は平気で嘘をつく、なんて言説をネットで見たときは流石に女性蔑視が過ぎるのではないかと思ったものだが、ここまで真に迫った演技を見せられるとなんだか信じられるような気がしてきた。

武田先輩はそんな北条の言葉と態度にぶん殴られたようにふらついている。ここまでくればもう詰みだな、と他人事のように考えていたのだが武田先輩はしぶとかった。

「そ、それなら！」

　武田先輩は視線で僕を殺さんばかりに睨めつけながら叫ぶように続ける。

「お前たちが本当に付き合ってるっていうなら、き、キスぐらいはできて当然だよな⁉」

「……はあ？」

　僕はあんまりな発言に、思わずそんな声を出してしまった。

　そしてそのベタ過ぎる発言につい笑いそうになってしまうがなんとか飲み込み、頭を働かせる。

　あまりにもあれな発言であるが、地味に厄介なことを言ってくれる。

　キスをしなければやっぱり嘘だと騒ぐだろうし、したらしたで後々の僕と北条の関係に禍根が残る。どうしたものかと一瞬思考を巡らせたが、別にする必要は一切ないと気がついた。

　考えてみると、付き合っているのが嘘だと判断されても目的は達成できるのだしわざわざこんな阿呆な発言に乗る必要はないのである。

　危ない危ない。武田先輩が急に変なことを言い始めるから判断がぶれるところだった。

　そうして僕が拒否の言葉を口にしようとしたとき、北条が僕の両肩を掴んできた。

　そして強引に自分の方に振り向かせると、僕の肩に置いた手を頰に添え直して顔を固定する。

突然の行動に僕が硬直していると、北条は目を瞑って僕の方に顔を寄せてきた。

長い睫毛、赤みがかった頰、瑞々しい唇。

それらが近づいてくるのを僕は呆然と見ることしかできない。本当ならば北条を押し戻して回避すべき事態であるのに、身体が脳からの指令を拒否するように動かなかった。

やがて、北条の吐息が僕の唇にかかるまで距離が近づき――。

「や、止めろ止めろ！」

焦ったような武田先輩の叫びにはっと正気に戻った僕たちは慌てて距離を離した。

今のは本当に危なかった……。こんなちゃちな嘘でいろいろなものを失いかけた僕は内心ほっとしつつ……うん。本当だったら本当にほっとしつつ北条を見ると、こちらを見つめる目とかち合う。ほとんど同時に目を逸らした僕たちの間になんとも言えない雰囲気が漂う中、武田先輩の怨嗟の声が響いた。

「お、お前ら、ほ、本当に……。くそっ！」

武田先輩は歯ぎしりをしながらもう血走ったような目で僕たちのことを見ている。冗談や比喩ではなく、本当に人を殺すんじゃないかと思えるような目だ。

「このっ！　お、お前らふたりで、俺のことを、ば、馬鹿にしやがって……！」

そしてついに武田先輩の中で何かがキレたのか、こちらの方に向かって荒々しく進みで

て掴(つか)みかかるように手を伸ばしてきた。

僕は咄嗟(とっさ)に北条の前に出て、武田先輩に抗(あらが)おうとする。

と、そこで。

「お兄さん、ちょっとそれは違うんじゃねえか？」

僕と武田先輩の横合いからごつい腕が伸びてきて武田先輩の腕を掴んだ。

先輩はぎょっとしてその腕を振りほどこうとしたが、その腕はびくともしなかった。

僕が腕の根元に視線を向けると、どう考えても堅気じゃない感じのがたいの良いおっちゃんが凶悪な視線で武田先輩を睨(ね)めつけている。

「な、なんだよ!?」

腕を振りほどくことを諦めた武田先輩がおっちゃんにつっかかるが、たいした胆力である。僕ならすくみ上がって動くこともできない。

「いやね、さっきからあんたらが騒いでいるのを見てたんだが、色恋沙汰に暴力を持ち出すのはいただけねえよ。女が他の男を選んだんなら潔く身を引くのが男ってもんだろう？　兄ちゃん」

「なっ！」

暗にお前は振られたのだと告げられた武田先輩は羞恥からか怒りからか、顔を真っ赤に染める。

そして勢いに任せて自由な方の手でおっちゃんに殴りかかろうとするが、背後から両肩を押さえられて行動を制限された。

「そうカッカしなさんな。これ以上恥のうわ塗りすることもないだろう？」

武田先輩を拘束したスキンヘッドのおっちゃんが背後から武田先輩の顔を覗き込むように見ると、怖いものなしだった先輩もついに顔を青ざめさせた。

そして気がつくと、僕らは既に明らかにヤバい雰囲気の男たちにぐるりと囲まれていた。

主に中年から老境にさしかかろうという年代の彼らは、誰もが人を何人か殺していてもおかしくなさそうな顔つきをしている。

僕の背後にいた北条がおそらく演技等ではなく本気で恐怖して僕に抱きついてくるが、僕の方も冷や汗を搔きつつ立ちつくすことしかできない。

しかしどうやら彼らの標的は武田先輩のみであるらしく、視線は先輩に集中している。

「そうだぜあんちゃん。暴力はいけねえよ暴力は」

「男ってのは諦めが肝心なときもあるんだぜ？」

「こういうときは飲んで忘れるのが一番だ。俺たちが話を聞いてやっからさあ」

「朝まで飲んで騒いだら失恋の傷も忘れるってもんだ。それでいいよなあ兄ちゃん」

「あ、いや……」

いかついおっちゃんたちに口々に話しかけられ、どこかへ連れ去られそうな雰囲気の武田先輩は必死に声を上げようとしたが、額に刃物傷を付けたお爺さんに顔を覗き込まれると言葉が出なかったらしく口をぱくぱくと動かすばかりになった。

「もしかして菖蒲台の武田工務店さんのせがれかい？　いけねえなあ、親御さんを悲しませるようなことをしちゃ」

「――っ！」

どうやらその発言は正解であったらしく、武田先輩は声にならない悲鳴を上げた。

「それじゃあ決まりだ。今日は無礼講だぜ！　……そういうわけでこの兄ちゃんはこっちで引き取るから、後はお若いふたりでよろしくやってくんな」

凶悪な笑みを浮かべるがたいの良いおっちゃんに、僕と北条はがくがくと首を動かして了承する。

そうして彼らは武田先輩を囲んで去って行った。囲いの中から武田先輩が助けを求める視線をこちらに向けていたが、僕たちにはどうすることもできなかった。

「さて、これで一件落着だね」

呆然と立ちつくす僕たちは背後からの声に慌てて振り向いた。

そこには九子さんがなんでもない風に立っていて、僕たちの様子など気にも掛けずに続ける。

「あのお兄さんにはちゃんと言って聞かせてもらうから、お嬢ちゃんも安心しな。さあて、帰って夕餉(ゆうげ)を作らにゃ」

それだけ言って九子さんは去って行った。

あのおっちゃんたちは何者だったのかと問いただす暇も無かった。暇があっても返答が怖くて問いただせなかったかもしれないが。

とにかく後には僕と北条だけが取り残される。

「……何なの？　今の？」

北条の口から疑問の言葉がこぼれるが、僕は答えを持ち合わせておらずただ首を振るしかなかった。

……とりあえず、九子さんは絶対に、ぜっっったいに怒らせてはいけないということだけは心に刻んでおくことにした。

エピローグ

武田先輩が男たちに連れ去られて数日。あれから武田先輩が北条の周囲に現れることはなく、平穏無事に過ごしている。

北条は武田先輩がまた現れるのではないかとしばらく戦々恐々としていたのだがそのようなこともなく、また九子さんからは武田先輩と男たちがきっちりお話したから問題ないと保証されたことで安心して大学に出てきた。

後に残ったのは北条の僕への借金だけとなったのだが……。

「さあて、今日こそ勝って帰るわよ！」

ある日の朝。隣に立つ北条が気合いの入った声を上げるのを、僕は眠気と戦いながら聞いていた。

というか、なんでまた僕は朝早くからパチンコ店の開店前に並んでいるのだろう。

今さらながら疑問が口を衝いて出るが、北条が当然だと言わんばかりの表情で答える。

「そりゃああんたに借金を返さなきゃいけないんだもの。あんたにも借金返済に協力してもらわないと」

なんで貸し付けた側の僕が借りた側の金策に協力しないといけないのかさっぱりわからないし、そもそも無利子で貸してるんだからバイト代が入ったらそこから返してくれたら良いのである。

「だってあたし、スタジオの給料日までにこんな大金持ってたら全部パチンコで使っちゃうもの。そしたら給料が生活費に化けちゃうんだから、パチンコで増やすことを考えた方が健全じゃない？」

全然健全じゃない。

確かに北条にお金を持たせたらパチンコに突っ込んでしまうことは否定できないが、それこそ手元のお金を計画的に使うようにすれば良いだけの話だし、結局僕がここにいる理由になっていなかった。

僕の突っ込みに北条はふふん、と大きな胸を張る。

「前はふたりとも別の軍資金で勝負してたけど、今回はノリ打ちってやつでいくわ。ふたりで軍資金と出玉を共有するの。あたしだけだったら運悪く負けたらそれで終わりだけど、どちらかが負けてもどちらかが勝てば相殺できるってわけね。そして今日は強いイベントをやってる店をリサーチして遠征しに来たわけじゃない？　期待値以上に回る台をふたり共打っていれば通常の二倍の期待値が積めて安定した成績を残せるってわけ」

自信満々に語ってくれるが、ふたりして安定して負けたら二倍の軍資金を失うだけじゃなかろうか。

というかその理論で言えば、僕だけじゃなく西園寺と東雲も連れてくれば四倍期待値が積めるのだからさらに安定していたのでは？

「流石にふたりを長期の戦いに巻き込むのは悪いもの。こんなことに巻き込めるのはあんただけよ」

僕の問いに北条はあっさりと答えた。

まったく理不尽な話である。何で僕だけがこんなことに巻き込まれなくてはならないのか。

北条は嘆く僕を見て笑うと、飛びつくようにして腕にしがみついてきた。

「だあって、あんたはあたしが困ってるときも身体を張って助けてくれるでしょ？　それならもう、健やかなるときも病めるときもパチンコに負けるときも一緒よ！」

その言い方にはいろいろと語弊があるとか負ける前提で考えるんじゃないとか僕が突っ込みを入れる前に、店員さんが開店を宣言しながらお店のドアを開けた。

「あ、やっと開いた！　さあて、まずは勝てる台を確保するところから始めないとね！　ほら、さっさと行きましょ！」

北条は僕の腕から離れると、店に吸い込まれていく列の流れに乗って鼻息荒く歩き始める。

その後ろに並んでいた僕は慌てて北条を追いかける。

勝てとは言わないから、せめて貸した一部でもお金が返ってくる程度の負けになってほしい。

そんなことを願いながら、僕はパチンコ店に入店した。

あとがき

第一巻のあとがきは真夜中に半分寝ながら書いたので見返すのも恐ろしいほどに適当な文章になっているかと思われますが、素面(しらふ)で書けと言われると何を書けばいいのか思いつきません。

どうも萬屋(よろずや)です。


萬屋は夏休みの日記だとか読書感想文だとかみたいに自分の気持ちや所感を書きまとめることが大の苦手でありますので、無難に今回の第二巻について語りたいと思います。

いぞかの第二巻はウェブ版でも比較的早めに登場していた牛嶋(うしじま)家関連のお話や、メインヒロインに北条(ほうじょう)を据えた書き下ろしを中心にまとめました。

ウェブ版からの変更点は話の順番が変わっている関係で多少時系列に変更があること、ラブコメを標榜(ひょうぼう)する以上それらしく一部登場人物の反応を変えたことですが、あまりラブコメっぽくはなっていないかもしれません。

本来であれば主人公の部屋に入り浸る彼女たちとの生活の中で変わる人間関係と湿っぽ

さをじりじりと書いていきたいところなのですが、焦らし続けるとラブコメっぽくなるまで何巻かかるかわからないのが難しいところです。

もし次巻が出ればもうちょっとギアを上げていきたいと思います。はい。


最後に謝辞を。

相変わらず超超素敵なイラストで萬屋が表現しきれぬキャラクターの魅力を引き出していただきました絵葉ましろ様。

タイトなスケジュールとなった第二巻発売に向けてご尽力いただきました編集氏および出版、販売に関わっていただいた皆様。

数ある本の中から拙作をお手にとってくださいました読者の皆様。

誠にありがとうございました。

萬屋久兵衛

依存したがる彼女は僕の部屋に入り浸る２

著　萬屋久兵衛

角川スニーカー文庫　24015

2024年２月１日　初版発行

発行者　山下直久

発　行　株式会社KADOKAWA
〒102-8177 東京都千代田区富士見2-13-3
電話　0570-002-301（ナビダイヤル）

印刷所　株式会社暁印刷

製本所　本間製本株式会社

◇◇◇

Printed in Japan　ISBN 978-4-04-114591-3　C0193

★ご意見、ご感想をお送りください★
〒102-8177 東京都千代田区富士見 2-13-3
株式会社KADOKAWA　角川スニーカー文庫編集部気付
「萬屋久兵衛」先生「絵葉ましろ」先生

角川文庫発刊に際して

角　川　源　義

第二次世界大戦の敗北は、軍事力の敗北であった以上に、私たちの若い文化力の敗退であった。私たちの文化が戦争に対して如何に無力であり、単なるあだ花に過ぎなかったかを、私たちは身を以て体験し痛感した。西洋近代文化の摂取にとって、明治以後八十年の歳月は決して短かすぎたとは言えない。にもかかわらず、近代文化の伝統を確立し、自由な批判と柔軟な良識に富む文化層として自らを形成することに私たちは失敗して来た。そしてこれは、各層への文化の普及滲透を任務とする出版人の責任でもあった。

一九四五年以来、私たちは再び振出しに戻り、第一歩から踏み出すことを余儀なくされた。これは大きな不幸ではあるが、反面、これまでの混沌・未熟・歪曲の中にあった我が国の文化に秩序と確たる基礎を齎らすためには絶好の機会でもある。角川書店は、このような祖国の文化的危機にあたり、微力をも顧みず再建の礎石たるべき抱負と決意とをもって出発したが、ここに創立以来の念願を果すべく角川文庫を発刊する。これまで刊行されたあらゆる全集叢書文庫類の長所と短所とを検討し、古今東西の不朽の典籍を、良心的編集のもとに、廉価に、そして書架にふさわしい美本として、多くのひとびとに提供しようとする。しかし私たちは徒らに百科全書的な知識のジレッタントを作ることを目的とせず、あくまで祖国の文化に秩序と再建への道を示し、この文庫を角川書店の栄ある事業として、今後永久に継続発展せしめ、学芸と教養との殿堂として大成せんことを期したい。多くの読書子の愛情ある忠言と支持とによって、この希望と抱負とを完遂せしめられんことを願う。

一九四九年五月三日

静かに過ごしたいのに、
なぜか《S級美女》と
学園ハーレム
ラブコメに⁉
なぜか
S級美女達の
話題に俺が
あがる件
脇岡こなつ
ill. magako
《S級美女》と呼ばれる女子高生・姫川沙羅、小日向凛、高森結奈。彼女たちが噂しているイケメンは学校一地味な俺⁉ 静かな高校生活を送るため、彼女たちに嫌われようと動くのだが全てが裏目に出てしまい……。
スニーカー文庫